少年读中国史

· 10 ·

清　最后的王朝

果麦 编

果麦文化 出品

　　努尔哈赤以十三副铠甲起兵，建立八旗制度，统一女真诸部，称汗建国，起兵反明。此后，皇太极正式称帝，改国号为"大清"。年轻的福临在叔父多尔衮的羽翼下，抓住吴三桂献关的天赐良机，击败李自成的大顺政权，成功入主中原。经过康熙、雍正、乾隆三朝的多年经营，迎来辉煌盛世，并实现大一统的局面。

　　然而，随着乾隆朝后期的腐败与封闭，清朝由盛而衰。在乾隆帝死后四十年，西方列强用坚船利炮轰开了"天朝"的大门。鸦片战争、甲午战争、八国联军侵华……这是一段失败与屈辱的历史。

　　但是英勇的中国人从未放弃抗争与探索：洋务运动、戊戌变法、辛亥革命……他们努力过、失败过，最终埋葬了两千多年的帝制。灾难深重的中华民族也开始走向新的时代。

目 录

第一章　崛起于白山黑水之间　　　　　　001
1. 努尔哈赤建立后金　　　　　　　　　003
2. 踏破山海关　　　　　　　　　　　　008
3. 顺治帝入主中原　　　　　　　　　　012
4. 少年康熙帝　　　　　　　　　　　　018

第二章　大一统的帝国　　　　　　　　　025
1. 收复宝岛台湾　　　　　　　　　　　027
2. 北方的战火　　　　　　　　　　　　031
3. 准噶尔之乱　　　　　　　　　　　　036
4. 西南改制　　　　　　　　　　　　　042

第三章　走进康乾盛世　　　　　　　　　050
1. 前所未有的繁盛　　　　　　　　　　051
2. 传教士的到来　　　　　　　　　　　056
3. 皇家工程和私人巨著　　　　　　　　062

4. 盛世之下的隐患	068

第四章　内忧外患的清王朝	076
1. 茶叶与鸦片	077
2. 被迫的"开放"	083
3. 变局中的抉择	088
4. 太平天国的陷落	094

第五章　新时代的曙光	102
1. 三千年未有的大变局	103
2. 维新志士的努力	109
3. 清王朝的最后十年	115
4. 走向共和	120

大事年表	131

第一章

崛起于白山黑水之间

白山黑水之间的女真人

1. 努尔哈赤建立后金

一只雄鹰的诞生

在我国的东北地区,有一个古老的民族——女真。他们建立过金朝,灭过辽和北宋。但到了明朝,当年的盛况已不复存在,女真人分裂成许多个部族,力量很弱小。大部分女真人希望跟明朝搞好关系,这样可以封个官职、做做买卖,两位女真首领觉昌安和尼堪外兰就是这样。也有一些人不服气,趁着草青马肥的季节向明朝进攻、劫掠,比如另一位女真首领王杲(gǎo)。

辽东总兵李成梁派兵出击,王杲很快被抓。觉昌安有个孙子叫努尔哈赤,他也是王杲的外孙。努尔哈赤的母亲死得早,继母又很刻薄,他十几岁就被迫离开家,独自去应对寒冷与饥饿、猛兽和坏人。他曾经依附外祖父王杲,王杲被李成梁击败后,努尔哈赤被俘。李成梁见他年轻力壮，擅长骑马射箭，就将他留在手下当兵。努尔哈赤喜欢读《三国演义》《水浒传》这类书，从中学了很多行军打仗、治理国家的智慧。他很快成长为一名出色的军人，勇猛无畏，富于谋略。就这样，在白山黑水之间，一只矫健的雄鹰横空出世了！

后来，王杲的儿子阿台再次作乱，李成梁把阿台团团围困在古勒城。这时，尼堪外兰前来为李成梁助阵。他骗城里的人说，杀了阿台投降就能当城主。士兵们就杀了阿台，献城投降。当时觉昌安和儿子塔克世也在城内，他们是来劝说阿台不要和明军对着干的，可明军进城时敌友不分，把他们俩也杀了——正是这件事，为后来埋下了祸根。

十三副铠甲起兵

听闻祖父和父亲的死讯，努尔哈赤非常悲愤，质问明朝官员为什么要杀无罪之人。官员自知理亏，送了他许多敕书、马匹，并让他做了建州女真的首领，指望他消气。努尔哈赤暂时还不敢跟明朝直接对抗，只要求官员把尼堪外兰交给自己处置。官员嫌他啰唆，就跟他说：

"你不是得到补偿了吗？再来闹事，我们干脆让尼堪外兰做女真人的王！"

不少女真人以为尼堪外兰真的能够当王，纷纷投靠他，努尔哈赤的一些亲人也不敢跟尼堪外兰作对。可努尔哈赤却取出仅有的十三副铠甲，召集全部人马去攻击尼堪外兰。他全部手下虽不到百人，战斗中却毫无退缩之意，一番猛攻之下，尼堪外兰吓得逃出城去东躲西藏。可尼堪外兰逃到哪里，努尔哈赤就打到哪里，誓不放弃。有一次，努尔哈赤在鹅尔浑城头看见几十个人往外跑，其中有个人很像尼堪外兰，他顾不上叫人就骑马去追。对方几十人一起向努尔哈赤进攻，他多处受伤却毫不畏惧，射死八人，刀斩二人，剩下的人也四散奔逃。努尔哈赤一直追到明朝边境，终于在城墙边抓住尼堪外兰，报了大仇。

此后，努尔哈赤一一收服建州女真、海西女真和野人女真，又把所有女真人编成了正黄、镶黄、正红、镶红、正白、镶白、正蓝、镶蓝八旗，任命自己的兄弟、儿子为旗主。至此，努尔哈赤把女真人的力量牢牢握在了手中，并在1616年建立起了自己的国家——后金。

萨尔浒大战

从十三副铠甲起兵到建国，努尔哈赤花了三十三年。建国这一年努尔哈赤已五十八岁，名字传遍了白山黑水，可他并不满足，而是把眼光投向南方，要跟那个庞大的明帝国一较高下。两年后，努尔哈赤举行誓师大会，说自己有"七大恨"，头一件恨事就是祖父和父亲被明军杀害，所以一定要复仇。随后他很快出兵，攻下了抚顺、清河。

消息传到大明，万历皇帝很惊奇。他早已不再上朝，却仍然从奏报中发现东北的女真人越来越不受控制，连朝鲜国王都奏称自己受到了威胁。这回女真人更是放肆到敢抢大明朝的城池，于是兵部赶紧调军队去打。奈何缺十几万两银子的军费，还需要皇帝的小金库出钱，万历连连摇头："这可不行，我没钱！让户部去想办法吧。"

大臣们想尽办法，迅速调集了约十一万人马，兵分四路，由杜松、刘铤（tīng）等人率领。努尔哈赤的策略是："凭你几路来，我只一路去。"他把六万军兵聚在一处，打算谁先来就打谁。他先是在萨尔浒夜袭明军大营，后又迅速移动到吉林崖，跟儿子代善、皇太极合力击破杜松，紧接着让士兵穿上明军的衣服，突袭刘𫄷的部队。这番操作快、准、狠，环环相扣，一击必杀，显示出高超的军事智慧。

萨尔浒之战的惨败，使万历对后金从轻视变得畏惧，他把辽东主帅换了一个又一个，对谁都不放心。于是努尔哈赤有时跟熊廷弼、孙承宗这样的能人打仗，大部分时候则只用对付一些草包就好。他的地盘终于越来越大，都城也迁到了沈阳。

1626年，努尔哈赤率十三万大军进攻宁远城，没想到在此处碰上了硬骨头。宁远城的守将是袁崇焕，他早已把城墙修得坚不可摧，在城头摆开十一门红夷大炮（又称"红衣大炮"）。后金的士兵攻不进城，还不断遭到炮轰，死伤惨重。再这么打下去，就只能眼睁睁看着全军被大炮消灭干净，努尔哈赤只好撤兵，心里却憋屈极了：我几十年来战无不胜，如今难道就要被这些城墙和大炮阻挡吗？可未等到答案揭晓，努尔哈赤就在兵败后溘然长逝了。

2. 踏破山海关

皇太极治国有术

努尔哈赤去世前并未直接指定继承人，而是让四个儿子代善、阿敏、莽古尔泰和皇太极做"四大贝勒"，共同处理政务。四人之中，皇太极年富力强、计谋最多、功劳最大，其他贝勒都比不上。按当时女真人的传统，贝勒、大臣们商量后，共同拥戴他做大汗。皇太极即位后，将女真人改称"满洲人"，后金改称"大清"，自己也改称皇帝。

皇太极是个出色的政治家，称帝后采取一系列措施削弱其他贝勒的权力。阿敏打过败仗，莽古尔泰曾在争吵中拿刀指向皇太极，两个人都被解除了权力。一向温厚忠诚的代善也被找了个借口革去"大贝勒"称号。独掌大权后，皇太极仿照明朝制度设置六部，使政府机构更加完善。他让范文程、宁完我等汉族官员参与政务，尤其器重范文程，每当有人奏报大事，都要问过范文程的意见再做决定。就这样，皇太极把国家治理得井井有条。

随着统辖区域内的蒙古人和汉族人数量越来越多，

皇太极让汉族人和满洲人"分屯别居",约束贵族和大臣们胡乱杀人和强迫汉族人为奴的行为。他又将治下的蒙古人编成蒙古八旗,汉族人则编为汉军八旗。从此蒙古人和汉族人都能为他所用,清军的力量也更为强大。

山海关难越

皇太极先后出兵征服蒙古的林丹汗和朝鲜,解除了后顾之忧。可当他大举南下之时,却还是被袁崇焕的坚城和大炮拦住了去路。一番思量之下,他决定避开袁崇焕,绕道喜峰口,越过长城直逼北京。袁崇焕见状急忙调各路军马驰援,皇太极无法破城,只好从北京城下退去。但他心有不甘,怀着侥幸心理学起了《三国演义》中"蒋干盗书"的故事。他将一个被俘的明朝太监关押起来,让两名将军假装神秘地说起袁崇焕要在暗地里帮助清朝夺取大明天下,故意让太监听到,然后又装作不小心地让这人逃走。明朝皇帝崇祯一向多疑,本就因袁崇焕没能把皇太极挡在关外而生气,听到太监上报这个消息,竟怒不可遏地把袁崇焕冤杀了!

反间计得逞之后,皇太极趁机发起猛攻,夺取了许多城池。崇祯急忙派出另一位有经验的将领洪承畴挽救败局。洪承畴调集十三万大军据守松山、锦州，用大炮猛轰，清军伤亡惨重，无力还击。皇太极连忙命清军挖出三道战壕，阻断松山的粮道和援军。洪承畴被困在城内，没有吃的，率军突围却被活捉，最后投降了清军。

未等到雄图大业实现，皇太极就在五十二岁时病死了。继承皇位的福临年仅六岁，由一群互不服气、整日明争暗斗的叔伯和兄长辅佐，其中最有权势的是摄政王多尔衮，也被称为"叔王"。

明朝的土地那么大、人口那么多，没了袁崇焕、洪承畴，还有其他许多骁勇善战的将军。努尔哈赤和皇太极两代雄主都没能跨越的宁远城和山海关，多尔衮和福临真的能够将其攻破吗？

机会从天而降

明朝的崇祯帝在即位之初，就处死了当权的宦官魏忠贤，想要以此解除大明的危机，励精图治。可中原的几个省连年大旱，老百姓没有吃的，纷纷揭竿起义。朝廷派兵征剿，反而越剿越多。起义军中最厉害的是李自成，他作战勇猛、胸有大略，被称为"闯王"。李自成告诉农民，说自己要"均田免赋"。老百姓听后高兴极了，唱着歌说："开了大门迎闯王，闯王来了不纳粮。"归附的人越来越多，李自成的实力也越来越强。1644年，李自成攻破北京城，崇祯皇帝在煤山上吊自杀。李自成做了皇帝，国号"大顺"。

明朝灭亡后，官员们纷纷向李自成投降。李自成知道宁远总兵吴三桂曾跟随袁崇焕、洪承畴对抗清军，打仗很厉害，就派人去招降。吴三桂一度有心同意，谁知大顺军纪律很差，很多将军和士兵把北京城里的富人抓起来拷打，索要钱财，连吴三桂的父亲吴襄也不放过，还抢了吴三桂的小妾陈圆圆。于是吴三桂一怒之下，派人联系大清摄政王多尔衮，请他出兵攻打李自成，表示自己愿意投降大清。

关外的小皇帝和王爷们听说起义军势力越来越大，本想着以后又多了个强大对手，加上面前的山海关，伟业恐怕更难实现了。这时忽然传来吴三桂要献关投降的消息，无异于天上掉下来的大馅饼！于是清军迅速出兵与吴三桂会合，与李自成在山海关决战。多尔衮先是让吴三桂的关宁铁骑跟李自成厮杀，等到他们两败俱伤时再向李自成猛扑过去。李自成的起义军抵挡不了清军骑兵和关宁铁骑的联合绞杀，只好不断后撤，最终退出了北京城。

就这样，多尔衮带着小皇帝福临，踏过努尔哈赤和皇太极都没能攻破的山海关，闯进努尔哈赤和皇太极没能攻克的北京城，坐上龙椅，成为新王朝的主宰者。福临在北京举行登基大典，就此成为整个中国的皇帝，年号"顺治"。

3. 顺治帝入主中原

降将立功

年幼的顺治当上皇帝，但他的叔叔摄政王多尔衮才是国家真正的掌权者。此时李自成仍占据中原大片土地，另一位起义军首领张献忠占据四川，崇祯的弟弟朱由崧则在南京建立起年号"弘光"的南明政权，形势复杂。

多尔衮为收拢人心，为已故的崇祯皇帝举办隆重葬礼，修建了豪华的陵墓，并向所有人宣称：清朝抢的并非明朝的天下，而是李自成的，他们是为明朝报仇。这样一来，很多汉族人就觉得，拼命去抵抗清朝好像确实没什么必要。同时，多尔衮又重用吴三桂、孔有德、尚可喜、耿仲明这些明朝降将，让他们全力配合清军，向起义军和南明发起进攻。

吴三桂和多尔衮的兄弟多铎、阿济格一路追击李自成，还用上了红夷大炮。李自成终于抵挡不住，最后生死不明。

南明一边，弘光皇帝无视危机，只知吃喝玩乐。奸臣马士英结党营私，把持朝政，还曾找多尔衮议和，结果被拒绝了。正直的大臣史可法在朝中被排挤，只好去扬州准备迎战。由于南明的将军们闹内讧，好好的兵力被消耗掉不少。等到多铎带兵南下时，史可法只能守着一座扬州城，根本无力回天，但他宁死不降，最终英勇就义。扬州被屠城，弘光朝廷也随之覆灭。此后，又有人拥立明朝的其他王爷做皇帝，建立了隆武、永历政权。

消灭弘光朝廷后，吴三桂等人继续进军，也曾遇到强大对手，比如南明永历政权的名将李定国，他在争夺桂林的战斗中杀死敬谨亲王尼堪和定南王孔有德，战果

清军用红夷大炮攻城略地

辉煌。隆武政权的郑成功也曾率领水军沿长江西进，取得镇江大捷，差一点就攻下了南京。但除此之外，南明军也好，起义军也好，实力都跟清军相差太远，最终陆续被清军打败。

马上民族治国

光解决军事上的危机是远远不够的，在土地和人民都增加了几十倍的情况下，如何治理国家也是个大问题。在关外时的那套老办法已经不够用了，多尔衮也开始向明朝学习。此前清朝已经设立六部，现在连朝廷的都察院、翰林院，地方的省、府、县等机构也全都学了过来。但也并非照搬，而是做了不少改变，比如增设了管理蒙古、西藏等地事务的理藩院。等机构增加之后，官员又不够用了，于是清朝大量吸纳明朝和大顺的降臣，总算让国家机器运转了起来。

为安抚民心，多尔衮宣布"满汉一家"。他任用、提拔了不少汉族官员，并允许满洲人和汉族人通婚。从1645年起，清朝实行科举取士，让汉族的读书人也能够加入新朝廷。此外，过去为了打仗，明朝一直向百姓征收剿饷、练饷和辽饷，如今多尔衮下令把它们全部停掉，让老百姓得到了实惠。

不过在此之外，也有一些伤害百姓的政策。比如允许功臣圈占无主荒地，结果很多老百姓的土地也被借机圈占。汉族人向来讲究蓄长发、戴头巾，可满洲人却习惯剃光半个脑袋、留辫子，朝廷还下令全国的男人都要这么做。这严重伤害了汉族人的感情，很多人起来反抗，有人甚至干脆剃了光头做和尚，可是大部分人也只能无奈照办。

走出叔王的阴影

多尔衮把持朝政多年，不是皇帝却胜似皇帝。多尔衮出行时，其他王公大臣都要跪着接送。需要发布命令时，多尔衮本应拿着公文到皇宫去盖皇帝的玉玺，可他嫌这样太麻烦，干脆把玉玺带回家随时使用。他跟顺治的哥哥肃亲王豪格一直不和，就找了个借口把豪格关起来，而且豪格没多久就死在了狱中。多尔衮对外称"皇叔父摄政王"，后来称"皇父摄政王"，此举惹得人们私下里议论纷纷：难道顺治的母亲改嫁给了多尔衮，摄政王成了皇帝的继父?

顺治一天天长大,越来越不能容忍这个叔父。当顺治十三岁时,多尔衮在外出狩猎期间逝世,紧接着顺治宣布他有十四条罪状,废除他的所有荣誉,连坟墓也一并毁掉。也许直到这时,顺治才感到自己真正从叔父的阴影中走了出来。

事实上,这位跋扈的叔父所做的事很多都是对的。比如多尔衮善用汉族文臣,不喜欢官员们报祥瑞、乱花钱。后来顺治自己处理政务时也会这么做。反倒是顺治自己过于宠幸董鄂妃,他还喜欢听和尚讲佛法。对此,太后和大臣们很有意见。可即便如此,他也算得上是一个合格的皇帝。

顺治掌政十年,眼看江山越来越稳固,却染上了天花,猝然长逝,年仅二十四岁。

4. 少年康熙帝

智擒鳌拜

顺治死后，他八岁的儿子玄烨登基做了皇帝，年号"康熙"。索尼、鳌拜、遏必隆和苏克萨哈被任命为辅政大臣，帮助康熙处理朝政。

四位辅臣里，其他人要么太老，要么懦弱无能，居功自傲、喜欢自作主张的便是鳌拜。他跟苏克萨哈不和，就罗织了二十条罪名，要把苏克萨哈处死。康熙不肯照办，鳌拜便激动起来，走到康熙面前指手画脚，吵闹了一整天，逼得康熙只好答应。有一次鳌拜生病，康熙前去探望，随从侍卫发现鳌拜的席子下藏有利刃。康熙非常震惊，心想难道他要行刺，表面却若无其事地说："刀不离身是我们满洲人的老习惯，很平常啊。"

但从那之后，康熙就物色了一批健壮有力的少年侍卫，整日陪自己练习"布库"（满语中指"摔跤"）。每每鳌拜有事奏请，他都是一副不耐烦的样子，好像觉得鳌拜扰了自己的兴致。鳌拜以为这是小孩子贪玩，心里全无戒备，直到有一次他来见康熙，康熙突然让少年们一拥而上，将他生擒并关了起来。随即康熙宣布鳌拜的三十条罪状，没收其家产，所有党羽也一起拿问。这个权势滔天的辅政大臣，转眼间就被不露声色地拿下了。在这之后，少年康熙才真正掌握了国家的权力。

养不起的功臣

鳌拜在朝中做官，经常要孤身出入皇宫，所以抓他很容易。可是要对付拥兵自重的"三藩"，就困难多了。

早在皇太极统治时期，明朝将领孔有德、尚可喜和耿仲明就带着清朝急需的舰队、大炮和能工巧匠投降。皇太极封他们做恭顺王、智顺王和怀顺王，合称"三顺王"。吴三桂引清兵入关后，被多尔衮封为平西王。后为攻打南明政权和起义军，多尔衮派吴三桂征四川、云南；改封孔有德为定南王，征广西；封尚可喜为平南王、耿仲明为靖南王，征广东。孔有德死在广西，没有儿子，爵位无人继承。其他三人先后成功，立下汗马功劳。

为酬报三位藩王，清朝给了他们很多权力。吴三桂一人管云南、贵州，两省督抚都要听他的。他可以随意委派官员，自己铸的钱在西南几省都能流通。他又占据了七百顷土地修建庄园，供自己居住，生活穷奢极侈。尚可喜老了，他的儿子尚之信在广东凿山开矿，煮海为盐。耿仲明死后，其子耿继茂、其孙耿精忠先后继承王位，驻守福建，横征暴敛，荒淫无度。三藩简直成了三个独立王国。不仅如此，朝廷还要给三藩的军队发军饷，而三藩兵多将广，花费太大，光靠云、贵、闽、粤四省的赋税已不足以支撑，还要从户部和其他省份调拨。这样下去，国家就要养不起这些功臣了。

　　康熙亲政几年之后，越来越觉得"三藩"是个大毒瘤，要裁撤掉才好。1673年，平南王尚可喜上奏，说自己跟儿子尚之信不和，想回辽东老家养老。清政府当即表示同意。吴三桂、耿精忠见状，故作姿态说自己也愿意撤藩。清政府爽快地批准了耿精忠的请求，但对吴三桂却有些犹豫。很多人担心撤藩后吴三桂可能造反，康熙却说："吴三桂早有异心，不管撤不撤藩都会造反。我们现在让他撤藩，他准备还不充分，就算要反也容易对付。何况他的儿子吴应熊还在北京，也许他念及骨肉的性命，不会反呢？"最终也同意了吴三桂的撤藩请求。

八年平三藩

吴三桂万万没想到朝廷真的同意他撤藩，一怒之下便迅速起兵造反，自称"周王"。他派部将王屏藩进攻四川，马宝进攻湖南，后亲自到湖南督战，与驻扎在湖北的清军隔江对峙。与此同时，吴三桂还派人到处封官许愿、煽动人心。靖南王耿精忠举兵响应，拿下整个福建。平南王尚可喜不肯造反，可他的儿子尚之信却与吴三桂暗中勾结，将父亲关在府内。尚可喜最终忧愤而死。另外，吴三桂的老部下、陕西提督王辅臣则拥兵观望，打算挟陕西、甘肃等广大的西北地区与吴三桂相互策应。

康熙也没想到吴三桂动作这么快、出手这么狠，朝中大臣惊慌失措，但康熙坚决要跟吴三桂打到底。康熙派安亲王岳乐、康亲王杰书等人分头出兵，又大胆任用一些地位不高却骁勇善战的将领，如陕甘的张勇、赵良栋，福建的施琅、姚启圣等，让他们跟吴三桂、耿精忠等人拼杀。同时分化敌方阵营，笼络吴三桂的旧部王辅臣，让他站到了朝廷这边。对尚之信、耿精忠也留有后路，告诉他们只要投降，就既往不咎。

吴三桂虽然兵强马壮，却并没有得到民心。当年他引清兵入关，追杀南明永历帝，那些怀念明朝的汉族人一直骂他是"大汉奸"。他在云南、贵州搜刮民脂民膏，没有百姓愿意帮他卖命。现在他又反清朝，满洲人更不会支持他。眼见着局势对自己越来越不利，吴三桂却仍孤注一掷，在衡州自立为皇帝，封百官、开科举、建朝房，五个多月后因病去世。

至于其他两藩，耿精忠在前方要跟清朝打仗，后方又被郑成功的儿子郑经袭扰，福建的土地被抢去一大块，实在撑不下去，只好投降。尚之信在吴三桂起兵后一直按兵不动，吴三桂又是催他出兵，又是跟他要钱，还派兵占他的地盘。尚之信后悔跟着吴三桂造反，于是也向清朝投降了。

平三藩的战争持续了八年后终于结束，清朝至此总算真正统一了中国大陆。下一个目标则是海峡对岸的台湾岛。

明朝日益腐朽的统治，使朱明王朝如大厦之将倾，摇摇欲坠。努尔哈赤乘势而起，起兵反明。之后，清政府抓住吴三桂献关的天赐良机，成功入主中原，从东北一个小小的边疆政权一跃而成为统治亿兆万民的庞大帝国的新主人。

为更好地统治广阔的疆域和人口，他们积极学习中国历代王朝的各种制度，加强中央集权；同时推崇儒家学说，实行科举取士，让汉族的读书人也能够加入新朝廷，以赢得汉族人的认同。清朝就这样通过种种举措，在得天下之后又安天下，得以坐稳江山。

　　魏源说:"大清之兴也,兵维八旗。"八旗制度是由谁首创的,它的作用是什么?

第二章

大一统的帝国

郑成功收复台湾

1. 收复宝岛台湾

了不起的"国姓爷"

南明的弘光朝廷覆灭后,福建的唐王朱聿键被拥立为皇帝,年号"隆武",朝中执掌大权的是南安侯郑芝龙。郑芝龙长期从事海上贸易,还当过海盗,势力很大,手上有二三十万军队,但在看到清朝的强大后,便改旗易帜投降了。隆武政权就此灭亡。

郑芝龙有个儿子叫郑森,隆武帝很喜欢他,赐姓朱,改名叫成功,因此人们后来称他"国姓爷"。郑成功忠于明朝,反对父亲的投降行为。他先后占领了泉州、金门、厦门等地,后又联络南明永历政权的李定国和鲁王政权的张煌言,准备联手抗清,永历帝还封他做"延平郡王"。1659年,他与张煌言合作,率十七万大军沿长江西进,攻克了瓜洲、镇江,直逼南京。结果因贻误战机,被清军合击，只好退兵。

光靠金门、厦门可打不过清军，于是郑成功计划出兵，收复自1624年起被荷兰殖民者侵占的台湾岛。1661年，他命儿子郑经驻守金门、厦门，自己率战舰四百艘、兵将两万五千人登上台湾岛，将荷兰军队团团围困在赤崁城。荷兰人献出十四万两银子请他撤兵，郑成功说："台湾是中国的土地，必须还给我们。"赤崁城的荷兰人只好投降。之后他又围住了荷兰人的统治中心台湾城，最终荷军的统帅揆一也被迫投降。至此，沦陷三十八年的台湾终于被收复。

收复台湾全岛五个月后，郑成功就去世了，没能实现光复大明的目标。台湾地区的人民为他建庙祭祀，永远铭记他的丰功伟绩。

郑经的经营

郑成功去世后，驻军厦门的郑经一连听到两个坏消息：一是父亲的死讯，二是父亲的部将黄昭、萧拱宸已经奉自己的叔叔郑袭做了"东都主"。郑经立即率兵杀向台湾，将黄、萧二人杀死，继承了延平郡王的位子。

清政府派人劝降，郑经可不像父亲那样忠于明朝。可是他的爷爷郑芝龙投降了清朝，却还是被杀了，因此投降看上去并不是什么好出路。郑经先是拖延了一些时间，最后答复说："要我投降也可以，只不过要跟朝鲜一样，我不登岸、不剃发，也不改变明朝的服饰。"当时朝鲜仍忠于明朝，清政府当然不会同意郑经像朝鲜一样保持独立，于是派兵攻占厦门，郑经在大陆的据点全都丢了。

当时吴三桂正起兵造反，联吴的靖南王耿精忠与郑经互为援助。康亲王杰书南下与吴三桂、耿精忠作战，郑经一看机会来了，迅速派兵攻占沿海的泉州、漳州、兴化、潮州、惠州等地，其中有些正是耿精忠的地盘。耿精忠急了，心想：不是说好了互相援助吗？有这么援助的吗？可是如果他既要打清朝，又要打郑经，确实应对不来。这时，耿精忠想起康熙说过只要他投降就既往不咎，于是转而向清朝投降，请清朝派兵跟他一起去打郑经。郑经这下可吃不消了，刚占领的土地也全都吐了出来。

由于还要对付大敌吴三桂，清军暂时也没有能力渡海攻打台湾。于是康亲王杰书、福建总督姚启圣再次派人前去招抚，劝郑经投降。郑经本人不愿投降，可他属下的将军、士兵看出大清声势正盛，开始陆陆续续私自投降了。仅1677年至1680年，投降清朝的兵变就有三十多起，降兵人数达十万以上。

不可丢弃的海岛

1681年郑经去世，他的长子郑克臧即位。重臣冯锡范发动政变，杀死郑克臧，立自己的女婿、郑经的次子郑克塽（shuǎng）即位。内部争权夺利闹到这个地步，哪还谈得上什么"反清复明"？台湾的人心士气越来越涣散。

此时清政府的朝臣对于收复台湾一事各有各的想法。有人认为海浪太危险，不能让将士们去送命；有人认为刚刚平定了三藩，国家需要休息；还有人支持收复台湾，但反对朝廷任用施琅为将，认为他本就是郑成功部下，现在送他去台湾，肯定会重新投靠郑家。可大学士李光地、福建总督姚启圣认为，当初郑成功杀了施琅全家，施琅是不可能再投奔郑家的，施琅熟悉海战，又有谋略，要夺取台湾非用他不可。

最后，康熙还是在1683年任命施琅为福建水师提督，主持攻台事务。施琅做好准备，率战船两百余艘，水师两万人，打败了台湾刘国轩的水师。郑克塽、冯锡范夺权很厉害，打仗却不行，只好上表投降。

收复台湾后，清政府中有人认为：台湾是蛮荒之地，又多瘴气，只因被郑氏盘踞才要去攻打，现在郑氏既然已经投降，就可丢掉它不管。可施琅力主坚守台湾，他认为台湾是东南各省的大门，如果将来再被洋人占据，就会威胁东南各省的安全。最终康熙接受了施琅的建议，于1684年在台湾设府，下辖三县，隶属福建省。

后来到了光绪帝的时候，台湾作为南洋的门户，战略地位越来越重要，清政府便在台湾建立行省，加强海防建设。

2. 北方的战火

沙俄进犯

中国北方的邻国俄罗斯横跨欧亚大陆，疆域辽阔，面积是当今世界第一。可在中国的元朝时期，它还是金帐汗国的一部分，由成吉思汗的孙子拔都掌管。后来俄罗斯人逐步建立了莫斯科公国和沙皇俄国，吞并了东方的西伯利亚。

1639年,一队哥萨克人来到鄂霍次克海岸,从一个被俘的鄂温克人口中听说,东方有一条黑龙江,那里有上好的谷物和貂皮。俄国人知道后兴奋极了,只想赶快占领这个地区。他们先后派来哈巴罗夫和斯捷潘诺夫,带上骁勇善战的哥萨克骑兵,凭借手中的枪炮到处胡作非为,割走农民的庄稼,抢走他们的妻子和孩子。

从一开始,东北边境的居民就自发抗击沙俄的侵略。随着哈巴罗夫和斯捷潘诺夫侵略行为的不断加深,清朝的官军也屡次出兵反击。1652年,清军将领海色率军同哈巴罗夫交战,一度取得胜利。三年后,清军将领明安达礼率军从水、旱两路向斯捷潘诺夫进攻。又过了三年,另一位驻守宁古塔的将军沙尔虎达在松花江和牡丹江交汇的地方包围了俄军,打死、活捉俄国士兵二百七十余人,并当场击毙了斯捷潘诺夫。

可是俄国人并没有收敛,反而变本加厉起来。1665年,以波兰人切尔尼戈夫斯基为首的一群逃犯逃窜到了黑龙江流域,带人专干抢劫勾当。这些逃犯将东北的貂皮献给沙俄政府,沙皇对此非常满意,不仅赦免了他们以往的罪行,还任命切尔尼戈夫斯基做了雅克萨的长官。之后，沙俄又陆续建立了结雅斯克、西林穆宾斯克和多伦斯克、额尔古纳等寨堡，后来干脆设立了雅克萨督军区，使其成为进一步侵略中国的前哨。

大战雅克萨

其实从顺治时起，沙皇俄国就多次派使者来与清朝会谈。清政府想通过和谈的方式解决沙俄侵略中国边境和杀害、欺凌边境居民的问题，可沙皇俄国却只想着怎么跟中国做更多生意、赚更多钱。1675年，俄国高级使臣斯帕法里带着一千五百人的庞大使团，走了一年才来到北京。清政府隆重接待他们，康熙也两次接见斯帕法里，让他转告沙皇，管好俄国人，别让他们骚扰中国边境。可是这次的使者还是跟以前来的人一样，既贪婪又傲慢，康熙没能从他那儿得到和平的信息。

吴三桂被平定后，康熙决定着手解决中俄边境问题。他派副都统郎谈假装成捕鹿人，到雅克萨城下仔细勘察地形和来往的交通要道。郎谈回京报告说："雅克萨是一座木城，只要发兵三千，就可以将它攻下来。"可是康熙并不打算要一座木城。他下令在黑龙江一带建立黑龙江城和呼玛城，并从各地抽派军队在这里长期驻守，想要彻底驱逐俄国人，看好中国东北的门户。

1685年正月，清朝的都统彭春、副都统郎谈等率领三千名士兵水陆并进，向雅克萨进发。他们先派三名俄国俘虏给雅克萨督军托尔布津带去一封信，奉劝他们自行撤回雅库茨克。俄国人觉得雅克萨城异常坚固，哪会怕清军来打，于是拒绝了撤退要求。六月二十三日，清军分水陆两路夹营布阵，很快就把神威大炮移入前沿阵地。二十五日，清军从南、北两个方向攻城，俄军一片混乱，死伤累累。第二天，清军在城下堆起木柴，准备火烧雅克萨，托尔布津陷入绝望境地，只好出城投降。第一次雅克萨之战就这样结束了。

清军烧掉雅克萨城之后，撤回了黑龙江城。托尔布津听说清军已经撤走，纠集几百名俄国士兵又回来了。这次他们不光重新筑起了雅克萨城，还配备了十二门大炮。康熙知道这一消息后极为恼怒，于是在1686年年初派出黑龙江将军萨布素率两千余人再次进攻雅克萨。清军在城外挖战壕、筑营垒，将雅克萨团团围住，向里面开炮。城内的俄军想反攻、突围，却都被打退。托尔布津被炮火打中，重伤而死。剩下的俄军被困在城中，恐惧地度过了一个寒冷的冬天。到第二年春天，只剩下几十个人苟延残喘。

签约定边疆

1686年，沙俄政府派戈洛文为全权大使，同清朝谈判。戈洛文率领一千九百余人的军队前来，试图与蒙古王公勾结，让蒙古人去对付清朝，以便能在谈判中讨价还价。喀尔喀蒙古的土谢图汗没有同意，戈洛文就勾结准噶尔部首领噶尔丹，共同对付漠北的喀尔喀蒙古。这时沙俄正好在克里米亚战争中失败，希望早点跟清朝达成协议。清朝也因为噶尔丹的叛乱规模太大，不希望再跟沙俄这个强敌纠缠，于是派大臣索额图率领使团，在尼布楚同戈洛文谈判。

经过你来我往的唇枪舌剑，双方最终于1689年签署了《尼布楚条约》。这是中俄两国平等签署的第一个条约，条约将贝加尔湖以东的尼布楚地区让给沙俄，同时划定了中俄两国东段的边界，收回了被沙俄侵占的部分土地，安定了中国东北的边疆。

3. 准噶尔之乱

野心勃勃的噶尔丹

元朝灭亡后,蒙古人在长城以北的广大区域过着牧马、放羊的生活。当时的蒙古分为漠南蒙古、漠北的喀尔喀蒙古和漠西蒙古。其中漠西蒙古又分为和硕特、准噶尔、杜尔伯特、土尔扈特四部,最强的是和硕特部,其首领图鲁拜琥控制着青海和西藏,称"固始汗"。而准噶尔部也在首领和多和沁的带领下逐步崛起。

1671年,和多和沁的儿子噶尔丹成为准噶尔部首领。他一面向清朝进贡,一面不停地扩张。从1673年到1689年,噶尔丹逐步控制了整个天山北路和天山南路。他野心极大,甚至想跟清朝的皇帝分庭抗礼。沙皇俄国大使戈洛文同清朝谈判时,就是与噶尔丹暗地勾结,许诺配合他的军事行动。

1688年,噶尔丹出兵三万,进攻喀尔喀蒙古。喀尔喀有车臣汗、土谢图汗和札萨克图汗三部。扎萨克图汗部被噶尔丹占领,土谢图汗本来在跟沙俄作战,现在腹背受敌,但还是率领人马进行反击,三天后全线溃退。

于是土谢图汗率领喀尔喀三部几十万人投奔清政府，被康熙安置在科尔沁草原。1690年，噶尔丹又率军到科尔沁、锡林郭勒和乌珠穆盆地去抢粮食。这时《尼布楚条约》早已签订，康熙解决了与沙俄的边境问题，可以集中精力应对西北问题，于是决定出兵平定噶尔丹。

这一年，康熙派裕亲王福全、康亲王杰书出战，与噶尔丹在距北京仅七百里的乌兰布统峰作战。这一战，清军摧毁了噶尔丹的驼城，噶尔丹败退。1696年，康熙再次御驾亲征，与黑龙江将军萨布素、抚远大将军费扬古分三路出击，兵力共约十万人。噶尔丹听说康熙亲自前来，连忙逃走，却在昭莫多遇上了费扬古，一番激战后，三千多精锐尽数被歼。噶尔丹实力大损。他的侄子策妄阿拉布坦控制其老巢伊犁，天山南北的各部摆脱了他的控制，俄国人也不再理他，他只好逃到塔米尔河等待机会。

1697年，康熙第三次亲自出征。他派使者到处招降，噶尔丹的部众纷纷归顺，留下来的只剩下五六百人。噶尔丹没有粮食吃，每天只能杀马充饥，却始终不肯投降，直至病死。

阴险的策妄阿拉布坦

噶尔丹的侄子策妄阿拉布坦占领了伊犁，又参与了康熙的征讨，还在噶尔丹死后抢了他的尸首和女儿献给清政府。为表酬谢，康熙把阿尔泰山以西至伊犁的广大地区都划归策妄阿拉布坦掌管。

谁知策妄阿拉布坦早已经暗中勾结沙俄，想要称霸中亚。他阻断了土尔扈特部通往清朝的道路，使他们孤悬于伏尔加河和乌拉尔河下游一带，又趁着西藏喇嘛与固始汗的子孙内讧的机会，偷偷向西藏下手。

西藏的达赖过去跟吴三桂和噶尔丹都有勾结，五世达赖死后，桑结喇嘛私下选立仓央嘉措为六世达赖。固始汗的重孙拉藏汗率兵杀掉桑结喇嘛，又重选了一个达赖。策妄阿拉布坦在1716年派部下策零敦多布率六千人，选取一条隐蔽的道路突然出现在西藏，拉藏汗苦战两个月，最后还是被杀。策零敦多布攻下布达拉宫，搜刮各庙的珍宝送回伊犁，控制了西藏。

康熙震怒，命皇十四子允禵（tí）为抚远大将军，驻扎西宁，年羹尧等分率南、北、中三路大军共六万余人进军西藏。副将岳钟琪率军突袭洛隆宗三巴桥，大军顺利进入西藏，沿途藏民望风响应。策零敦多布一再向清军进攻，却全都失败，只好退回伊犁。康熙则正式册封格桑嘉措为达赖喇嘛，恢复了对西藏的统治。1721年，清军班师，委派蒙古王公分别掌管前藏、后藏事务。

策妄阿拉布坦并没有就此罢休，1723年，又煽动罗卜藏丹津在青海发动叛乱。罗卜藏丹津是固始汗的孙子，想重新恢复对青、藏全境的统治。他命令青海的王公放弃清朝赐封的名号，向不肯顺服的王公发起进攻，然后率领二十余万人进犯西宁。

这时康熙已经去世，四皇子胤禛即位，年号"雍正"。他派川陕总督年羹尧、四川提督岳钟琪出兵征讨。年羹尧和岳钟琪作战凶悍，罗卜藏丹津手下十几万人向清朝投降。喇嘛们顽固抵抗，岳钟琪"据其三岭，毁其十寨"，甚至点起柴火，将逃往山洞的一千多名喇嘛活活熏死。到了1724年年初，只剩罗卜藏丹津龟缩在柴达木河一带。岳钟琪率五千名骑兵急行追剿，一夜急驰一百六十里，在黎明时分直逼敌军大营，几万叛兵全部投降。罗卜藏丹津穿着女人的衣服狼狈逃窜，投奔了策妄阿拉布坦。

雍正在青海设西宁府，当地人民不再向蒙古王公纳税，改由清政府委派的官员管理。另外，在平定青海期间，雍正还设立了军机处，这成为清朝处理机要事务的中枢机构。

平定准噶尔

策妄阿拉布坦死后，他的儿子噶尔丹策零继续对抗清朝，后于1745年染病去世。各部首领为了争夺汗位自相残杀，最终达瓦齐在辉特部阿睦尔撒纳的拥护和支持下获得汗位。但没过多久，这俩人就闹翻了，阿睦尔撒纳打不过达瓦齐，只好投降清朝。那是1754年，雍正的儿子弘历已经当了二十年皇帝，年号"乾隆"。乾隆觉得是时候出兵扫平准噶尔了，遂派班第和阿睦尔撒纳等人率两万五千人直捣伊犁。达瓦齐四处逃窜，最后还是被抓获并押送到北京。

阿睦尔撒纳是拉藏汗的孙子、策妄阿拉布坦的外孙，身份特殊，因此一直想让乾隆封自己做四部总汗。乾隆为了分散各部力量，防止他们与朝廷作对，封阿睦尔撒纳为辉特汗，又封另外几个蒙古人首领为杜尔伯特汗、和硕特汗和绰罗斯汗。阿睦尔撒纳大失所望，暗地里图谋不轨。乾隆让班第严密监视他，一旦有变，就立即将他除掉。

可是消息泄露了，阿睦尔撒纳迅速逃走，公开打出反清的旗号起兵造反。乾隆派永常、策楞两次出兵，却全都失败。此时喀尔喀蒙古也蠢蠢欲动。乾隆派章嘉三世活佛劝说喀尔喀各部不要轻举妄动，然后于1757年派成衮扎布和兆惠率七千大军进兵。兆惠再度攻克伊犁，辉特部和准噶尔部也先后被平定。阿睦尔撒纳逃至沙俄，几个月后就患天花死了。

从康熙、雍正到乾隆，这六十年间，准噶尔多次发动或煽动叛乱，地域涉及现在的新疆、青海、西藏、内蒙古等广大区域，牵涉复杂的军事、民族、宗教和外交问题。准噶尔问题的最终解决，使清朝巩固了对西北、西南广大地域的统治。后来土尔扈特部从沙俄境内回归中国，漠西蒙古全部纳入中国版图。乾隆晚年总结了自己一生中最引以为傲的十次用兵功绩，将其称为"十全武功"，其中就包括平定达瓦齐和阿睦尔撒纳这两次胜利。

4. 西南改制

麻烦的土司制度

　　从元朝开始，直到明、清两朝，中原王朝不断加强对西藏、云南、广西、贵州等广大地区的管理。可是这里聚集着众多少数民族，到处是深山老林，沟壑纵横，光是把朝廷的命令往下传一遍，就要花费不少工夫，更别提征税、征兵这些既烦琐又讨嫌的事了。因此，朝廷很难派官员对这些地区进行有效的管辖，于是改为实行土司制度，任命各地最大的家族，让他们的族长来做当地的官员。族长去世或者年老无法理事的时候，他的儿子可以继承他的位置。家族有大有小，他们管辖的区域有大有小，官员的称号也有所区别。文官有土知府、土通判、土经历、土知事、土巡检、土驿丞等，武官有宣慰使、宣抚使、安抚使、招讨使、长官司、千户、百户等，一般笼统地称之为"土司"或"土目"。

　　可是一个家族从元到清，当了几百年的土司，会带来什么样的后果呢？他们可以通过政治、经济和武力上的优势，逐步加强对当地人民的盘剥与控制。即使他们要抢老百姓的牛马牲畜、妻子儿女，甚至随意找借口杀人，老百姓都没办法反抗。朝廷向土司征收赋税，土司往往要层层加码，把几百两的赋税变成上千两甚至几千两，从老百姓那里盘剥。平时老百姓还要帮土司打仗，为土司家大大小小的事情出钱、出力，过得苦不堪言。

小辖区还算好控制，大土司管辖着上百里土地，掌握上万人的部队，州县衙门则是更大的总督、巡抚，想对付他们要花费很大的力气。这些人对朝廷的命令阳奉阴违，有时干脆置之不理，甚至直接勾结外敌、发动叛乱。这样的土司割据一方、为所欲为，简直就是独霸一方的"土皇帝"，成为朝廷的隐患。

土司改流官

从明代起，朝廷就陆续开始对一些矛盾激化的地方实施"改土归流"，撤去土司，改用朝廷委派的地方官管理，也就是所谓"流官"。朝廷几年一委派，几年一调任，不像土司那样永远世袭。清代从康熙时起，也曾实施这一制度。雍正皇帝即位后，云贵总督鄂尔泰上奏，为了使西南地区长治久安、百年无事，希望在辖区内全面推行"改土归流"。雍正一向锐意进取，对此极力支持，干脆封他做了云南、贵州、广西三个省的总督。

"改土归流"要剥夺土司们世袭的权位，阻力是很大的。对此鄂尔泰也早有打算，他以强大的武力为后盾，强令土司们顺从，不顺从的就派兵去打，有人服软、投降就接受，也不赶尽杀绝。他先派总兵刘起元主持东川的"改土归流"，进展得还比较顺利。可是到了乌蒙、镇雄两府，情况就比较麻烦了。

乌蒙的土知府禄万钟年纪轻，掌握大权的是他的叔叔禄鼎坤。鄂尔泰派人劝禄鼎坤归顺，并任命他为守备。可禄万钟仍处于属下刘建基、杨阿台的控制之下，他们约来镇雄的土兵三千人去围攻禄鼎坤。鄂尔泰派游击哈元生去救援，哈元生带有火器，毫不费力地击溃土兵，占领了府城。

镇雄的土知府陇庆侯只有十五岁，兵权掌握在叔叔陇联星手里。陇庆侯不知深浅，想劝陇联星去帮禄万钟。可鄂尔泰一手派哈元生和禄鼎坤的军队合力攻打镇雄，一手又派人说服镇雄土知府的仇家阿底土司，让他跟官军联合行动。陇联星深知鄂尔泰的厉害，只好投降。禄万钟、陇庆侯各自逃走，乌蒙、镇雄分别被改成了府和州。

此外,邻近的湖南、湖北、四川等省的土司,本来就靠近中原,势力有限,知道朝廷这次的霹雳手段,纷纷申请交出领地和印信,归政于朝廷。这是清朝规模最大的一次"改土归流"。

决战大小金川

其实雍正朝的"改土归流"推行得并不彻底,不少地方还继续保留着土司。比如四川西北的大渡河上游,就有大金川、小金川两个土司。

雍正到乾隆初的几十年间,大金川土司莎罗奔的势力越来越大,经常攻打附近的土司,还劫持过小金川的土司泽旺。四川官员介入干预,莎罗奔才把泽旺放回。可第二年,他又跑去攻打革布什札、明正两个土司。乾隆见状,派出川陕总督张广泗前去攻打。张广泗率兵三万,分七路进攻,可是打了半年也没有效果。因为莎罗奔在险要的地方用石头建起了大量碉楼,每座碉楼高八九丈,甚至十五六丈,相当于十几层楼那么高。

于是,乾隆重新起用老将岳钟琪做四川提督,率兵增援。双方依然相持不下，岳钟琪当年曾带着莎罗奔打过仗，他用这份旧交情去劝降，最后莎罗奔自愿议和。

此后，莎罗奔的侄孙索诺木做了大金川土司，泽旺的儿子僧格桑做了小金川的土司。他们这时已经和好，联起手来占领了革布什札，进攻鄂克什和明正两个土司的地盘。乾隆派四川总督桂林、理藩院尚书温福前去攻打，可打过几次之后，桂林兵败，温福战死。乾隆只好派阿桂为定西将军，从各处抽调两万人，加上原来派的将士，七万多人分三路进攻金川。大军五天内攻克美诺、底木达，八天内平定小金川。大金川非常难打，可是清军人多势众，又有熟悉道路的当地人引路，进攻还算顺利。索诺木看到形势不利，杀了僧格桑，把尸体送给阿桂，一再求降，可阿桂不同意，继续进攻。1776年，索诺木走投无路，只好率领妻妾和剩下的两千多人出寨投降。阿桂将索诺木等要犯押送进京，最终将他处死。

两次对金川的作战都大费周章，特别是第二次平金川，历时四年半，耗费六千多万两银子，是乾隆"十全武功"中最费钱、最费时间的一场战争。经过这两场战争，乾隆坚决要撤掉当地的土司，彻底实行"改土归流"。1776年，他在大金川设置阿尔古厅，在小金川设置美诺厅，之后又将阿尔古厅并入美诺厅。1783年，下令改美诺厅为懋（mào）功屯务厅，下领懋功、章谷、抚边、绥靖、崇化等五屯。1789年，金川秩序已定，乾隆又在此设州、县，这里已经跟中原没什么两样了。

　　雍正、乾隆年间的"改土归流"，打击了西南地区的豪强势力，使朝廷加强了对西南地区的控制。流官给少数民族地区带去先进的生产技术和文化，虽然他们还是会征收赋税、摊派兵役，但是跟世袭不改、无人约束的土司相比，还是让老百姓的日子好过了一些。

读史点评

国家的统一与国家的安全息息相关。平定三藩之后，清政府一改主要依靠满洲贵族和军队的局面，终于能够协调全国的人力、物力等各种资源，凝聚强大的政治、经济和军事力量，以压倒性的优势收复台湾、对抗沙俄、平定准噶尔、推行"改土归流"，拓展和巩固王朝的版图。

如果在清朝的疆域上，从黑龙江的黑河到云南的腾冲画一条斜线，我们会发现，线的右侧降雨量充足，适合农业耕种，人口密集，是中国传统历代王朝控制的核心区域，主要实行郡县制；而线的左侧降雨量低，地广人稀，分布着众多的少数民族，朝廷很难实施有效的管辖，只能通过和亲、互市、册封和土司制度等方式加以柔性的控制。这条线就是著名的"胡焕庸线"。

清朝地域广阔，内部差异显著，如何探索出一套整合不同区域的国家治理模式，是统治者面临的一大难题。他们一方面沿用郡县制管理中原地区，另一方面通过政治、军事、宗教和文化上的多重影响，实现了对西北、西南地区的有效管理。

思考题

清朝对西藏、新疆的治理有哪些举措?这些举措对统一多民族国家的巩固和发展有什么历史意义?

第三章

走进康乾盛世

1. 前所未有的繁盛

减税与加税

清朝的康熙、雍正、乾隆三朝，政治稳定，经济发展，边境地区也越来越稳定，全国人口超过一亿并继续增长，科技、文化方面也取得了重要发展。因此，这一时期被称作"康乾盛世"。

从明朝万历时起，朝廷以用于战争开支的名义征收"辽饷"，后来又加征"剿饷""练饷"，每年向百姓搜刮大量银子。后来中原大旱，农民纷纷起义，战乱不休。清兵入关后，又在全国各地同起义军和南明政权作战，战事一场接着一场。为了让入关的八旗将官安心守在关内，不要老想着回关外，多尔衮允许他们圈占大片土地，甚至把一些百姓强占为奴隶。百姓既要避兵祸，又要种田交粮，背负着沉重的负担。

清朝初年，多尔衮为了安抚人心，不再征收"三饷"。可是整个顺治朝军费开支巨大，财政收入不够花，还是得加派赋税。康熙继位后不久，大臣们打算在每顷地正常的赋税之外加征一两。八岁的小皇帝康熙不由得感到惭愧，说："百姓没有得到休息，我们就要加征赋税，我实在是不忍心哪！"可四位辅臣要办事却没钱花，还是照样加了税。

　　康熙认识到，民众是国家的根本，只有老百姓家给人足、安居乐业，才真正算是天下太平。因此到1669年时，十六岁的康熙命令八旗不许再圈地。这场由政府许可、公开掠夺农民土地的暴行，至此才算被永久禁止。

荒地变良田

　　既要让老百姓日子好过，又要征够钱粮，以供应朝廷的各项开支，这不是很矛盾吗？好在当时人口少、土地多，再加上明朝那些占有大量土地的贵族和地主逃的逃、死的死，留下不少可以利用的无主荒地。可是荒地上长满了荆棘野草，交通不便，也很难灌溉，农民需要自己去开路、引水，耕种起来太辛苦了。加上刚开的荒地，收成非常少，如果朝廷按正常的土地标准征税，那么农民辛苦忙了一年，最后剩不下几粒米。那谁还愿意去开垦荒地呢？

于是康熙要求，所有官员必须鼓励垦荒，让老百姓安居乐业、生儿育女。如果一个地方耕田增加了，人口也增加了，官员就能升迁。相反，如果老百姓过不下去，老是逃跑，荒地也没有人去开垦，地方官就要受罚。康熙下令说：凡是开垦荒地的，头两年不征收任何赋税，从第三年才开始征。此后，康熙又陆续将起征年限延后到第四年、第六年。这样一来，老百姓看到开荒后头几年的收成全归自己，就愿意开荒了。

不仅如此，康熙还下令奖励那些开荒较多的人：不论贡生、监生、秀才还是百姓，只要开垦的荒地达到三十顷乃至一百顷以上的，地方官可以把名字报上来，酌情让这些人做知县、县丞、守备、百总等官。当时一般老百姓很难有机会做官，现在听说只要开荒就有可能当上县太爷，都觉得这是天大的机遇。特别是那些有钱的地主，人口多、仆人也多，开垦大片的荒地相对容易，就更愿意去开荒了。

为了使农民的耕地收成更好，康熙还非常注重兴修水利。他委任当时的水利专家靳辅去治理黄河、淮河，减少水灾的发生，并尽可能发挥它们的灌溉作用。

"永不加赋"

经过连续多年大规模的垦荒，清朝的耕地增加了，人口也多了，每年的财政收入达到三四千万两银子。这时的康熙经常酌情下令，让一些受灾的地方暂时不缴赋税，减轻老百姓的负担。今年免这里，明年免那里，1710年时康熙更是直接下令，在后续的三年里将全国各省的赋税轮流免除一次。

1712年，康熙正式宣布，从此以后"滋生人丁，永不加赋"。这当然不是指从此以后新出生的人都不需要再缴税了，而是说从这一年起新出生的人口，都不需要再缴纳一种按成年男子人口数量征收的丁税。

中国古代的赋税主要有两种：一是农民种田、种地的收成，要按比例上交一部分；二是每个成年男子（也就是"丁"）都要给国家干活、服徭役。但是中国那么大，要让每个成年男子都在国家需要的时候去干活是不可能的。因此就将这种徭役折算成钱，每个成年男子按时交钱，官府可以随时就近招募合适的人来干活。

可是，当时各省的丁银标准并不一样，有的省份每丁每年只要交一分银子，有的每丁每年要交四两银子，征收方法也是五花八门。由于丁税较重，很多人会想方设法不交。有钱有势的人往往会和官府勾结，将家族中的男丁登记为士兵或奴仆，穷人家就干脆逃走。各地的地方官担心照实登记男丁人口会导致无法完成应该向国家缴纳的丁税，也常把实际的男丁数额打折扣之后再上报朝廷。这样一来，朝廷统计的男丁数字跟实际数字根本对不上号，很难知道一省一府究竟有多少男丁，可以抽调多少士兵去打仗。这在平时没什么，可到了关键时刻就会耽误大事。

康熙将男丁的人口数锁定，规定新增人口不用再多缴一份丁税后，大大减轻了人民的负担。后来雍正又实行"摊丁入亩"，将丁税银直接分摊进田亩里计算，田多的多缴税，田少的少缴税，百姓不用为缴不上丁税发愁，男丁多的人家也不用东躲西逃，或者贿赂官员变更身份了。这样一来，地方官统计人口时也不需要再瞒报，国家的人口统计因此更加接近真实情况。过了不久，清朝廷发现全国的人口数大大地增加了，雍正初年更是达到了一亿两千万人。这种繁盛是前所未有的，也是我们把康熙、雍正、乾隆时期称作"康乾盛世"的重要依据。

2. 传教士的到来

耶稣会士带来新知识

基督教是一种信奉耶稣为救世主的宗教教派。在意大利有一个罗马教廷，那里的教皇和红衣主教总是插手欧洲各国的事务，同君主们有合作，也有争斗。16世纪，欧洲的英国、法国、德国等都改信新教派，脱离了教廷的控制。西班牙、葡萄牙等国家继续信奉旧的天主教派，并成立了耶稣会，向世界各地传播教义，希望恢复罗马教廷的势力。

明朝嘉靖、万历年间，耶稣会士来到中国，想在这里传教。可是中国人世代学习儒家思想，祭拜天地神灵和祖先，由于基督教教义跟中国人的习惯格格不入，其传播并不顺利。

这些来华的教士在西方受过良好教育，掌握许多数学、天文学、地理学、音乐、美术等方面的知识，利玛窦就是其中的一个。中国的官员和读书人虽然不喜欢他们的教义，却尊重他们渊博的知识。利玛窦在中国居住了多年，同徐光启等士大夫交朋友，翻译、编著了很多书籍。

汤若望的生死沉浮

明代有一个和利玛窦一样博学多识的教士，名叫汤若望。因为当时使用的历法是大统历和回历，用来预测天象常常出错，很多人都不满意，希望改变，可是去哪里找杰出的天文人才呢？崇祯皇帝即位后，徐光启请求设立"西方历局"，让传教士汤若望等人从事译书、推算工作。他们花费了五年时间，先后呈进了一百三十七卷历书。崇祯帝非常欣赏，赐名《崇祯历书》。可不久后李自成进了北京，崇祯吊死于煤山，明朝灭亡，新历法也没能实施。

多尔衮入关后，汤若望去见他，希望能使用自己制定的历法。为了证明自己的历法是准确的，他提前预测这一年的八月初一会有日食发生，而且把北京能看到日食的起止时间、复圆方位，北京同其他各省观测的差别，都一一写了出来。多尔衮对天文历法一窍不通，可汤若望这个简单明了的做法却让他心服口服。于是多尔衮任命汤若望做了钦天监的监正，让他主持历法的制定，并且从第二年起在全国使用新历法《时宪历》。汤若望还对《崇祯历书》进行了删改，更名为《西洋新法历书》。

顺治帝对汤若望也很重视，送给他一块匾额，称他是"通玄教师"。后来顺治患了天花，一病不起，本打算让董鄂妃的儿子福全继位，可是太后不同意，大家还去问了汤若望的意见。汤若望说："三皇子玄烨已经出过天花，生命危险会小一些。"就这样最终确定由玄烨继承皇位，他也就是后来的康熙。

一个外国人却当上钦天监的监正，这让一些心胸狭窄的人很妒忌，其中吵得最凶的人叫杨光先。他说："宁可让中国没有好历法，也不能让钦天监由外国人执掌。"从顺治到康熙初年，杨光先反复上书指责汤若望，说汤若望的天主教会二十年来发展了上百万信徒，图谋不轨，他为清朝编的《万年历》只编二百年，明显是诅咒清朝二百年后就要灭亡。当时康熙尚未亲政，鳌拜等辅政大臣决定废除《时宪历》，判汤若望和另外几名钦天监官员处斩。后来汤若望得到赦免，最终有五人被杀，汤若望不久也去世了。

一波三折的《时宪历》

杨光先如愿以偿地扳倒汤若望后，朝廷让他做钦天监监正。杨光先自知不是这块材料，连续五次推辞却未被批准，最终只好接受。可他只懂天文历法的道理，并没有掌握相关的技术，《时宪历》既然被废，只能重新使用明朝的《大统历》。后来杨光先又请回已被罢职的钦天监官员吴明烜，用回了更加落后的回历。

有一位比利时传教士南怀仁发现，杨光先和吴明烜的历法跟天象不合，两次向康熙奏报。康熙派大臣图海、明珠等人一起到东华门，让传教士南怀仁、利类思、安文思和钦天监的马祐、杨光先、吴明烜等人当场推算。最后的查验结果显示，吴明烜的推算基本上都是错的，而南怀仁的推算结果跟实际天象非常吻合。图海、明珠和钦天监的官员们把这一情况上报后，康熙就废除了《大统历》和回历，重新使用《时宪历》，并任命南怀仁当了钦天监的监副。第二年康熙除掉鳌拜，又给汤若望

西方传教士为康熙帝带来新知

和被杀的钦天监官员平了反。

康熙本人对西方的科学很感兴趣，向南怀仁虚心请教，学会了几何学、天文学和医学等各方面的知识。为了使天文监测更加精密，康熙还让南怀仁主持制造新仪器。南怀仁花六年时间，制造出了赤道经纬仪、黄道经纬仪、地平经仪、地平纬仪、纪限仪和天体仪，还主编了一部《灵台仪象志》，将各种仪器的规格和功能加以介绍。康熙又升任他做了钦天监监正。

从南怀仁开始，清朝的钦天监一直任用西洋人，如戴进贤、徐懋德、刘松龄和傅作霖等。其中戴进贤曾经奉乾隆的命令，花十年工夫仿照古代浑仪的结构，研制出一台大型的玑衡抚辰仪，制作精美，分度刻画准确，重量更是达到了五吨。

可是，罗马教廷禁止中国教徒祭祀孔子和祖先，只准他们使用"天主"这一称谓，不准说"天"或"上帝"。康熙派人让教皇撤销此命令，教皇不同意，于是康熙便禁止了传教士在中国传教，西洋传教士大多被驱逐到广州、澳门，教堂多数被拆毁或改作其他用途。

不过，汤若望的《时宪历》直到现在还是中国农历的编制依据，南怀仁等人制造的天文仪器仍陈列在北京的古观象台，它们见证了清代天文学的水平和中西文化交流的情况。

3. 皇家工程和私人巨著

收录四万多个汉字的字典

书籍是人类记忆和思想情感的承载，人们可以通过书去了解一个人、一件事，爱上一片土地、一个国家。许多人喜欢写书，许多帝王也热衷于编书。清朝的康乾盛世便出现了不少杰作，堪称中国文化的瑰宝。

汉字是一种独特的文字，有丰富的文化内涵，自古就有专门的书来解释其字义及流变，比如《尔雅》《说文解字》《广韵》等。第一个使用"字典"这一名称的，是清代康熙年间张玉书等人编的《康熙字典》。

张玉书是江苏镇江人，二十岁就中了进士，一直做到文华殿大学士、吏部尚书。他很聪明，据说康熙曾问他："天下什么最肥、什么最瘦？"张玉书答："春雨最肥，秋霜最瘦。"康熙高兴地说："这真是宰相该说的话。"康熙让官员们编纂的书，很多都是张玉书主持完成的，《康熙字典》就是其中一部。

《康熙字典》收录了四万七千零三十五个汉字，是当时收字最多的文字工具书。它将汉代许慎编制的五百四十个部首简化为二百一十四个，方便人们检索。每个字先注音，再解释含义。那时没有汉语拼音，《康熙字典》用"反切"和"直音"两种方法来标注一个字的读音。比如"泰，他盖切，音太"，"他"的声母加上"盖"的韵母，就是"泰"的读音，此为"反切法"；再标一个同音字"太"，这就是"直音法"。解释意义的时候，《康熙字典》引用了古代各种工具书中的字义，还引用古书的句子来举例，非常实用方便。因此这部书编成之后，全国各地多次印刷，几乎每个读书人都会买一部放在家里，直到现在还有人使用。

规模空前的丛书

《四库全书》是乾隆为了显示清朝强大的文化实力，让纪昀等人主持编纂的一部大型丛书，由许多部书汇集而成。

学识渊博的纪晓岚

纪昀也叫纪晓岚，说话诙谐，喜欢吃肉，还喜欢抽烟袋。他最大的特点是学问渊博，因此乾隆特别器重他，让他担任《四库全书》的总纂官。纪昀带着当时最有学问的一批人专职编书，他们以朝廷现有的书籍为基础，再加上各地官员们征来的书籍，一部部阅读，再以儒家思想为挑选基准，把那些符合儒家思想、知识性强、文学价值高的书籍收入《四库全书》。

《四库全书》共有三千四百多种、三万六千余册。这么多书翻查起来很不方便，于是纪昀他们就采用了"四部分类法"，将所有书分成经、史、子、集四部，每部再分成若干个类，每类又分成若干个属。读书人要找到自己想看的书，只要查一下它大致属于哪一部、哪一类、哪一属，这样就快多了。

为了让自己和天下的读书人都能看到《四库全书》，乾隆让人把它誊录成七份，分别存放在北京的文渊阁、文源阁，沈阳的文溯阁，承德避暑山庄的文津阁，江苏镇江的文宗阁，扬州的文汇阁和浙江杭州的文澜阁。北四阁的书在皇宫内苑，一般人看不到，江南三阁的书则可以供人们去查阅或抄录。这使当时的读书人，特别是江苏、浙江的读书人受益匪浅，促进了文化的发展。

《四库全书》从启动到完工,整个编纂工作历时十余年。这是当时最大的文化工程,也是中国历史上极其重要的文化成果。

狐妖鬼怪与红楼一梦

康乾盛世不仅官方修书发达,民间小说也出现了一个创作高峰,诞生了两部流传至今的名著。

第一部是一本写"鬼"的书。写人的书很多,写神、鬼、狐、妖的书就比较少了。在清朝最著名的就是《聊斋志异》,它的别名叫《鬼狐传》。

《聊斋志异》的作者蒲松龄是山东淄川(今属淄博)人。据说他曾经设茶待客,请人给他讲各种神奇的故事,然后改写成书。《聊斋志异》共收入四百九十多篇故事,用文言写成,长短不一。书中写了不少年轻女子,她们本来是狐狸、鬼、鸟、蜂、花或者神仙,聪明漂亮,又有点顽皮。这些女子大都敢于表达自己的感情,并希望男子回报同样的情意,最后往往有幸福的结局,比如《婴宁》《娇娜》《小翠》《黄英》等。有些故事也赞美男子的正直、孝义、好学和勇敢,如《席方平》《阿宝》《田七郎》《书痴》《叶生》等。

书中的男女主角常会遇到科举的不公、司法的黑暗、富人的白眼、豪强的暴力，这既反映了社会现实，也推动着人物命运和故事情节的发展。但他们最终都凭借自己的品德、才干和神鬼妖狐的帮助，战胜了各种困难，表达了作者的浪漫主义情怀。

第二部则是"四大名著"中的《红楼梦》。清代读书人喜欢读《红楼梦》、谈《红楼梦》的程度，简直超过了"四书五经"。作者曹雪芹从小生活在富贵人家，后来家道中落，经历了重大的生活转折，就将早年的一部分经历写成了小说，以寄托感情。曹雪芹的原作只有八十回，后四十回一般认为由高鹗续写，共一百二十回。

《红楼梦》以荣国府公子贾宝玉和表妹林黛玉的爱情悲剧为主线，写出了当时具有代表性的贾、史、王、薛四大家族的兴衰，展现出人生百态。书中用大量篇幅写了贾宝玉、林黛玉、薛宝钗、史湘云、贾探春等青年男女吟诗、饮宴、嬉戏的生活场景，具有浓厚的生活情趣。里面写到的很多人物，性格、情感、命运各自不同，却都有血有肉，耐人寻味。书中也或明或暗地指出贾家、薛家这些大家族表面上善良、公正，暗地里却徇私枉法、骄奢淫逸，连官府也不敢得罪他们，揭示出封建社会后期的矛盾与黑暗。

《红楼梦》问世后，有许多人喜欢读它、研究它，后来更是形成了"红学"这门专门研究此书的学问。

4. 盛世之下的隐患

花钱如流水的乾隆

康乾盛世在乾隆时期到达极盛，他不仅有"十全武功"、《四库全书》，还曾六下江南，留下了不少有趣的故事。可是由于乾隆好大喜功，开支浩大，朝廷渐渐变得入不敷出。他还重用贪官和珅，使得吏治腐败不堪。外贸方面，乾隆时进一步闭关锁国，清朝的盛世至此转向衰败。

乾隆刚即位时，处处学习祖父康熙，把国家治理得井井有条。但时间久了，他好大喜功、贪图享受的一面开始表现得越来越明显。

乾隆喜欢出巡。他曾六次下江南，又多次巡幸五台山和盛京，光是避暑山庄就去了几十次。如果出巡只是轻车简从，带一些必要的侍从和护卫也就罢了，他每次都要大讲排场。沿途各地要修建行宫供他居住，皇帝经过的道路要用黄土垫平，还要搭建装饰得很漂亮的彩棚。大量的士绅、百姓跪在道路两边迎接，商人们也要出钱装修景点，上演戏曲、杂耍等，一切只是为了哄乾隆一时高兴。

乾隆喜欢在各种庆典上搞花样。在太后六十大寿的庆典上，他让各地官员来北京庆祝，在十几里长街上搭建豪华的景观。广东官员用无数的孔雀尾羽建造了一座两三丈长的翡翠亭，湖北官员用琉璃砖建了一座有三层飞檐的黄鹤楼，浙江官员用镜子建造了一座水榭，人走进去立刻可以看到千万个自己。乾隆自己过七十、八十岁生日时，排场的豪华程度更是有过之而无不及。

他大兴土木，将圆明园的二十八景扩建成四十景，将避暑山庄的三十六景扩建为七十二景，又在圆明园外修建了长春园、绮春园等，在避暑山庄外也新建了许多寺庙。

这些事情花费的是朝廷或地方政府的钱款，老百姓上缴的税银被乾隆像泼水一样花掉。康熙时期以来，国库收入本来很高，经过乾隆毫无节制地花费，就慢慢变得空虚起来。

巨贪和珅

乾隆这么喜欢铺张浪费，需要有人替他打理，大臣和珅就很擅长这一套。

和珅本是个侍卫，很会察言观色、投人所好。乾隆很喜欢他，几年内就提拔他担任军机大臣、大学士、吏部尚书、户部尚书、内务府总管大臣、九门提督这些显赫的官职。

和珅善于结党营私，贪婪的福长安，老迈的苏凌阿，还有跟他私下有交情的吴省兰、李潢、李光云等，都被他拉拢、提拔做了大官，串通一气干坏事。而对于官职很大又比较正直的阿桂、朱珪、董诰等人，和珅却总是找机会跟乾隆说他们的坏话，让皇帝疏远甚至罢免他们。

朝廷中反对和珅的官员都被他排挤，地方官就更不用说了。和珅在乾隆面前夸奖谁几句谁就能升官，和珅在乾隆面前抱怨谁几句谁就会丢官。因此大家争相讨好和珅，给他行贿送礼，希望他在皇帝面前多多美言。和珅这么擅长花钱，官员们送少了可不行，就得大笔大笔地送。可官员们送掉这么多钱，自己日子也难过，于是就去找下级官员和老百姓贪污勒索。和珅当道的时期，全国的官员都跟着贪污腐败。

和珅的胆子后来变得越来越大。乾隆老了，打算让十五皇子颙（yóng）琰继位，可诏书还没有发布，和珅就先知道了。他派人给颙琰送去一柄玉如意，告诉他这个好消息，也希望颙琰即位后继续宠信自己。可颙琰却觉得和珅不应该泄露皇帝的秘密，非常生气。后来乾隆死了，颙琰已是嘉庆皇帝，派人治和珅的罪，抄没了他的家产，民间称"和珅跌倒，嘉庆吃饱"。当时抄出黄金三万多两、银子三百多万两、房屋上千顷、当铺十多家，还有数不清的珠宝。嘉庆遂下令将和珅赐死。

和珅虽死，官员的贪污风气却还持续存在，成为清朝盛世的一大隐患。

关上国门

中国古代同外国开展贸易的传统十分悠久，形成了举世闻名的"丝绸之路"和"海上丝绸之路"。商人们将一个国家的货物运到另一个国家卖出，各国人民因此可以买到本国稀有的东西，官府也能征到关税。这是一件各方都能获益的事情。

顺治在位时，抗清的郑成功很擅长海外贸易，并以此筹集军费。为打击郑成功，清朝曾经实行"禁海令"，不允许商人出海经商，又实行"迁海令"，要求沿海居民全部向内陆迁徙三十至五十里。收复台湾后康熙才开放海禁，允许商人们从事海外贸易，并设立了粤海、闽海、浙海和江海四个海关。这之后，东亚、东南亚和西欧各国的商人纷纷来到中国，大大小小的船只密密麻麻地停泊在海岸边。随着外国商船的增多，违法乱纪的事也越来越多，有些外国人还到处收集情报，图谋不轨，清朝对此很是警惕。

因此乾隆继位后，先是拒绝了英国商人将货物运到浙江宁波的请求，又下令关闭三个关口，只留下广州一处同外国商人做贸易。他还颁布了防范"外夷"的规定，不允许外国商人和中国人直接做生意，只能通过"公行""洋行"来中转。规定海外的商船只许用双桅，梁头不得过一丈八尺，载重不得超过五百石。军器、大木料、硝磺和铁器不允许出口。粮食也不许出口，船上只能带贸易人员的口粮，每人每天限带一斤米。海外贸易由此受到了严重影响。

英国曾经派使臣马嘎尔尼来到中国，希望能开放中英两国的贸易。可是马嘎尔尼坚持不肯向皇帝跪拜，还要求清朝拨出一块地方供他们囤积货物，乾隆对此非常不高兴，因此很傲慢地拒绝说："我们天朝上国物产丰盈，什么东西都有，不需要跟外夷互相通商。"

可是中国这么大，只有一座城市进行海外贸易是不够的。清朝的闭关政策使中国经济发展的脚步慢了下来，中外科技文化的交流也受到影响，清朝不知道外国的科技发展得有多快，更不知道西方国家已经制造出了先进的蒸汽机、轮船和大炮。因此，几十年后，当西方人开着炮舰闯进中国领海，向中国领土发起进攻时，清军除了惊讶和害怕，一点办法也没有。

读史点评

乾隆时期既是康乾盛世的顶峰，也是清朝由盛而衰的转折点。

1765年，英国兰开郡纺织工人哈格里夫斯发明了珍妮纺纱机，拉开了工业革命的序幕。而清朝自顺治以后，反复颁布"禁海令"，一直实行闭关锁国的政策。1776年，乾隆组织编纂《四库全书》，同时下令销毁禁书。同一年，英国经济学家亚当·斯密出版《国富论》，被誉为"第一部系统的伟大经济学著作"。当时的天朝上下，对外界的风云变幻一无所知。在晚年的乾隆帝身上，早年进取的锐气已消失不见，取而代之的是妄自尊大的虚骄之气。1792年马嘎尔尼率使团来访时，乾隆帝并不认为有必要与英国通商，只在跪拜礼节这种问题上与英国使节来回争执。马嘎尔尼一行亲眼见到清朝太平安定表象下的衰落，对大清的实力与现状也重新做了评估。天朝的大门之外，迅速强盛起来的西方，对这个富饶而走向虚弱的帝国已是虎视眈眈。

思考题

有人说：乾隆后期的清朝已经开始由盛转衰，面临内外两方面的隐患和挑战。你同意这种说法吗？通过列举事例说说你的理由。

第四章

内忧外患的清王朝

1. 茶叶与鸦片

风靡英伦的中国茶

中国人自古喜欢喝茶,世界上广泛流传的种茶、制茶和饮茶习俗,也是从我国向外传播出去的。公元6世纪时,茶叶就传到了中亚,元代时传到了阿拉伯半岛和印度,清代时已经通过海运传到了世界上许多国家。欧洲人平时喝牛奶,吃牛羊肉和奶油,时间久了会导致肠胃不通畅,而茶叶正好有助于肠胃蠕动。因此,茶叶在欧洲最初作为药物出售,后来才逐步成为流行饮品。

英国人喜欢喝茶出了名,最先是英国王室喜欢,贵族们也纷纷效仿,到后来全国上上下下的人都开始喝茶了。据说当时每个英国人平均每年能喝掉一磅(约合0.4536千克)以上的茶叶。有些人以讽刺的口吻形容18世纪英国人喝茶的盛况说:"这是多么荒谬的事呀,连街头的乞丐都在喝茶！工人边干活边喝茶，拉煤的人坐在煤车上喝茶，田地里干活的农民在喝茶，连面包都吃不上的人也喝得起茶……"英国更是有民谣唱道："当时钟敲响四下，世上一切为茶而停。"

邪恶的鸦片商人

英国人爱喝茶，可英国不产茶，只能从国外去买，最理想的购买地当然是茶的故乡——中国。康熙开放海禁之后，英国人就来到中国。他们带来大量的毛织品、金属制品和棉花，想把这些东西卖给中国，然后从中国购买茶叶。

可是，中国人对英国人带来的货物并不感兴趣。因为中国是农耕社会，每个家庭都是男耕女织，自己种田、自己织布，不需要购买衣服。由于自己带来的货物不抢手，英国人每年要花大量的银子买茶。

英国商人心里盘算着：如果既能拿茶叶去自己国家赚钱，又能找一些抢手的东西来赚中国人的钱，不是更好吗？于是，他们从印度收购诱人而邪恶的鸦片，疯狂地运到中国贩卖。鸦片是从罂粟的果实中提取出来的，可以作为麻醉剂。后来有人发现,吸食鸦片可以使人兴奋,但吸多了很容易上瘾,不吸就会非常难受。如果一直吸,人就会变得骨瘦如柴、萎靡不振。沾上鸦片的结果往往是花光家产,人也变成废物。

这么害人的东西,清朝的嘉庆皇帝在位时就已经严令不许进口。可英国人为了赚钱,采用走私的办法,躲开清朝官员的检查,偷偷地贩卖。

一开始只是有钱的公子哥把鸦片当作好玩的奢侈品,后来连官员、士绅、商人、工人乃至妇女、和尚、道士都开始吸鸦片。很多人最后落得家破人亡,白花花的银子就这样从中国源源不断地流向英国。

禁烟钦差林则徐

这时清朝在位的是嘉庆帝的儿子道光。同康熙、雍正和乾隆这些前代帝王相比,这位皇帝显得谨小慎微、畏畏缩缩,遇到一点事就感叹:"这可怎么办才好?"他很节俭,套裤破了都舍不得扔,让人打了个补丁继续穿。因此我们可以想象,当他听到大臣们说外头有那么多人吸鸦片成瘾,大量的白银外流,该是多么震惊和愁苦了。

道光的态度是明确的，鸦片必须禁止，决不允许英国人走私、贩卖。可那么多人都在吸鸦片，官员们本领再大，也不能把他们全关进牢里。因此必须从源头上，也就是从英国人走私鸦片的入口处解决问题。于是道光派湖广总督林则徐作为钦差大臣，到广东严厉查处鸦片走私的事。

林则徐接到命令，于1839年来到广东。两广总督邓廷桢派人到处查封鸦片馆，没收鸦片和烟枪，抓捕烟贩。英国商人听到风声后，立刻用轮船装着鸦片开到海上，林则徐和邓廷桢想派水师去海上追捕，因为没有把握，不敢轻举妄动。不过鸦片虽然被转移了，英国商人却都还在广东商馆。于是林则徐就派人通知英国商人，让他们在限定时间内把鸦片交出来，并保证今后决不走私鸦片。英国人听到消息，觉得这位大人是奉中国皇帝的命令而来，不交一点鸦片断然是不肯走的。于是他们拖了三天，凑出一千多箱鸦片，想打发林则徐早点离开广东。

林则徐看到英国人无心交出所有鸦片，直接下令将最大的鸦片贩子颠地抓了起来。英国官员义律听说林则徐抓了颠地，就来到广东商馆，打算把颠地救走。林则徐早有准备，把义律和三百多名英国商人全部封锁在了

林则徐虎门销烟

商馆。义律见事态不妙，想用外国官员的身份要求放人，林则徐不予理会。义律无可奈何，只好同意将所有英国商人的两万多箱鸦片全部上缴。

林则徐为了让英国人尽快交出鸦片，提出只要商人们上缴一箱鸦片，就赏给他们五斤茶叶。经过一个多月的移交、运送、清查、盘点，英国商人前后共上缴了一万九千多箱鸦片。可这么多的鸦片，该怎么处理呢？道光和林则徐本来打算派人把鸦片押送到北京。可从广东到北京的路途实在太远，道光最后决定让林则徐就地销毁，让沿海居民和在广东的英国商人都知道朝廷禁烟的决心。

1839年6月3日，林则徐在虎门海滩销毁鸦片。五百名壮汉将鸦片丢进两个长宽各有十五丈的巨大池子，引来海水，撒上盐，再将一担担石灰倾倒进去。池内的水沸腾起来，浓烟直冲天空。整个销烟过程持续了二十三天才结束。

在广东禁烟的较量中，林则徐大获全胜。道光皇帝通过此举显示了清朝禁烟的决心，令世界为之震惊。

2. 被迫的"开放"

鸦片引发的战争

林则徐禁烟的消息传到伦敦，英国外交大臣巴麦尊等人气愤地表示，一定要派军队报复中国。难道两万箱鸦片真有那么贵重，值得为此打一仗？难道英国人不知道走私是犯罪？当然不是。他们要跟中国打仗，是因为英国完成了工业革命，利用蒸汽机造出了用不完的商品。只要用大炮打开中国的大门，英国商人就可以向中国卖出大量货物，赚到数不清的钱。

于是英国派出了一支舰队，共十六艘军舰、五百四十门大炮，于1840年6月来到了广东海面。刚开始，林则徐、邓廷桢分别在广东和福建做好了准备，让英军无机可乘。英军只好转而向北，来到厦门、定海、大沽等地。他们仗着大炮的威力，所向无敌。清朝的大臣琦善、伊里布、奕山等人全都吓破了胆，对英国人一再退让，甚至还付过"赎城费"，让清朝丢尽了脸。道光帝本人也举棋不定，有时候想跟英国人打仗，有时候又想求和，不仅主战的林则徐、邓廷桢被他革了职，主和的琦善也被他革了职。不过，在此期间也有一些感人的事迹：老将军关天培在虎门炮台英勇抵抗，最后壮烈殉国；三元里的农民自发组织起来抵抗英军，打死二百多人，是当时取得过的最大胜利。

可是英国政府不会就此罢休，1841年4月派出璞鼎查爵士来指挥英军打仗，扩大侵略战争的规模。同年8月至10月，英军先后进攻厦门、定海、镇海和宁波。1842年5月至7月，又先后攻打吴淞、宝山、上海和镇江。其中厦门、定海、吴淞、宝山、镇江的清军都坚决抵抗，直至全军覆没，守将裕谦、葛云飞、陈化成、海龄等壮烈殉国。

8月6日，英军率领战舰来到南京城下。道光帝无力反抗，派出耆英、伊里布和牛鉴三个人当议和大臣，和璞鼎查签署了《南京条约》。这是近代以来中国与外国签署的第一个不平等条约。

鸦片战争中，清朝全面失败。道光帝和钦差大臣琦善、靖逆将军奕山都显得糊涂、怯懦，但战争中也有不少官员和民众坚决抵抗外来侵略，表现出了强烈的爱国精神。

列强卷土重来

英国人赢了鸦片战争，开通了五个通商口岸，但他们从英国等地运来的大宗货物在中国还是不抢手。这是因为中国的自然经济并没有变化，加上向英国买了那么多鸦片之后，很多中国人变得又穷又弱，哪里有钱去买别的东西？可是英国人以为，这肯定是因为要的特权还不够多。1844年，美国和法国也通过签订中美《望厦条约》和中法《黄埔条约》得到了不少特权。于是他们串通美国、法国一起去找清政府谈判，希望重新修改条约。

1854年，英、法、美三国公使向两广总督叶名琛等人提出修订条约，后来又向咸丰皇帝提出这一要求。当时咸丰皇帝才二十四岁，刚即位不久，正想有所作为，而两广总督叶名琛也不同意这些公使的霸王条款。1857年，英、法两国由额尔金和葛罗率领，分别出兵中国。他们反复向中国官员提出修约，又反复进攻中国的城市和阵地。清朝正被太平天国起义弄得焦头烂额，没能组织力量进行抵抗。因此不管是广州还是天津，都抵抗不住英、法军队的进攻，只有挨打的份儿。英、法军队先是炮击广州，抢光总督衙门，抓走总督叶名琛，之后又在天津打败了要塞大沽口的守军。直到咸丰派人签订《天津条约》，满足了英法联军提出的大部分条件后才暂时撤走。1859年6月，前来换约的英法联军舰队再一次进攻大沽口，却被早已有所准备的蒙古亲王僧格林沁击败。这是战争中清军唯一的胜利。

于是，英、法两国再次命额尔金和葛罗率领军队进攻中国。这次他们带了二百多艘军舰、两万五千多人参战。1860年3月至8月，英法联军先后占领了定海、大连和烟台，并在天津打败了僧格林沁的骑兵，直接威胁北京的安全，咸丰只好同意派大臣去谈判。可英、法两国不断提出苛刻要求，僧格林沁一怒之下，把他们的谈判代表巴夏礼关了起来，谈判就此破裂。9月，英法联军开始进攻通州、北京，咸丰帝逃到了避暑山庄。北京最宏伟的、号称"万园之园"的皇家园林圆明园被攻破，英法联军将里面的各种金银器物、珍珠宝石等洗劫一空，最后放火烧掉，圆明园从此成为废墟。

留在北京的恭亲王奕䜣在咸丰帝的批准下，分别同额尔金和葛罗签订了中英《北京条约》和中法《北京条约》。英法联军在实现所有目的之后，才陆续撤离了北京。

不平等条约

第一次鸦片战争是屈辱而壮烈的，第二次鸦片战争则几乎完全是屈辱的。鸦片战争中曾涌现出很多可歌可泣的爱国人物和事迹，而第二次鸦片战争中除僧格林沁外，就几乎没有什么有效的抗击。对于在广州、天津的战争中打败仗的、投降的官员，咸丰皇帝都没做出严厉处罚，只是赐死了天津谈判中逃脱的耆英。咸丰自己也在关键时刻一走了之，没起到皇帝应有的作用。

这两次战争的失败，以及战后签订的一系列不平等条约，给中国带来了深重的灾难。中国不仅把香港岛割让给英国，还大量赔款。在沿海和长江沿岸开放五个通商口岸，使中国一步步变成了西方列强的原料产地和商品市场。此外，中国还丧失了政治、经济、司法等方面的多项主权，外国人可以随便开着军舰闯进中国，可以在中国做生意甚至卖鸦片，还可以建教堂，干预中国官员的各种事务，就连犯了罪，中国官员也不能审理和惩罚他们。中国的官员也好，老百姓也好，此后就好像在外国人面前低人一等，做什么事都要看他们的脸色。

面对这种困境，很多中国的仁人志士都在努力寻找着破局的办法。

3. 变局中的抉择

开眼看世界的人们

中国人其实很早就想看一看外面的世界，汉代的张骞、班超，唐代的玄奘，明代的郑和等都做出过这样的探索。可是到了清朝，人们却变得很闭塞，就连编《四库全书》的纪晓岚也觉得，外国人说世界上有大洋、大洲，那都是胡编乱造的。

鸦片的危害和鸦片战争的失败促使很多人睁开了眼睛，要重新看看这个世界。林则徐是最早行动的人。他发现外国人船坚炮利，就让工程师龚振麟制造了炮车，还仿制了几艘轮船。他组织人把英国人慕瑞的《世界地理大全》翻译出来，编成《四洲志》，介绍了亚、欧、非、美四大洲三十多个国家的地理、文化和风土人情。他还想建立一支新式海军，要有一百艘大战舰、五十艘左右的中小型战舰、一千门大大小小的火炮。可后来因为林则徐被罢官贬到伊犁，这些计划也就落空了。

林则徐在发配途中路过江苏镇江时，好友魏源来看望他。林则徐把《四洲志》的书稿交给魏源，请他编写一部更详细的著作。魏源十分博学，以《四洲志》为基础，整理编写出一部讲述海防问题以及介绍西方科学技术和历史地理的《海国图志》。在这部书的"原叙"中，魏源谈到了编写这本书的目的。在他看来，编写此书是为了让更多的人了解外国，学习外国人的本领，特别是军舰、枪炮和练兵技术，去对付外国人，这就叫"师夷长技以制夷"。

除了《海国图志》外，姚莹的《康𬨎（yóu）纪行》和徐继畬（yú）的《瀛环志略》，也让当时的中国人看到了外边的世界。

在这些书籍问世几十年后，一个名叫严复的青年被派到英国学习海军技术。平时除了数学、物理、化学、海军作战方法等之外，严复还博览群书，努力学习西方的哲学和社会科学知识。他读了很多书，并将其中一些翻译成中文。有一部书叫《天演论》，是他回国后在1898年翻译出来的。书说各种生物在自然选择中优胜劣汰，实现物种的进化，严复将它总结为八个字："物竞天择，适者生存！"并进而指出一个民族、一个国家也要适应社会的需求才能生存下去，否则就会走向灭亡。《天演论》流传极广，而这八个字也深深烙在很多中国人的心里，鼓舞他们为了中国的未来而奋斗。

落第秀才洪秀全

外国人已经打进来了，中国人却一次又一次失败。当时的清朝已经完全看不到盛世的样子，到处是贪官污吏，富人大量吞并穷人的土地，老百姓过不下去，只能起义，嘉庆年间的天理教、白莲教起义就是这样爆发的。鸦片战争中，朝廷的腐败无能让无数中国人为之愤慨，也让广东的一个年轻人怒不可遏。

这个年轻人叫洪秀全，出生在广东花县（今广州市花都区）一个普通的农民家庭。他从小读书，在本村做了一名教书先生。多次科举考试落榜的洪秀全，读到一本宣传基督教的小册子《劝世良言》，受其中神权、平等思想影响，于1843年创立了拜上帝会。他和同学冯云山前往广西桂平一带向人传播教义。洪秀全还编写了《原道救世歌》

《原道醒世训》《原道觉世训》等作品，宣传人人平等、天下一家等思想。拜上帝会的信徒越来越多，附近几个县的农民、矿工、手工业者、小商贩也都纷纷入教，洪秀全、冯云山、杨秀清、萧朝贵、韦昌辉、石达开等人成为他们的领导人。

1850年，广西发生了饥荒，到处都是没有饭吃的穷人。洪秀全发出命令，让各地的信徒都到金田村来聚齐。10月，有一万多人到达金田，他们将家产全部变卖，将财物交给"圣库"，衣服、食物都由"圣库"平均分配。

从金田到天京

咸丰皇帝和广西官员都对拜上帝会一无所知，直到有当地士绅和外地官员上报，才发觉此时已是山雨欲来风满楼。咸丰皇帝将广西巡抚革职，改派林则徐做巡抚，可林则徐在赴任途中病故了。于是又赶紧从其他地方派官员到广西，准备阻挡这场即将到来的暴风雨，却为时已晚。

1851年1月11日恰逢洪秀全的生日，那一天，全体信徒在杨秀清、冯云山等人的带领下向他拜寿，同时宣

洪秀全发动金田起义

布起义，国号定为"太平天国"，军队称"太平军"。这时清军已经在向这里聚集，太平军且战且走，攻占了永安。洪秀全自称"天王"，分封五大诸侯王，以杨秀清为东王，萧朝贵为西王，冯云山为南王，韦昌辉为北王，石达开为翼王。其中，东王有权节制其他四王。

在这之后，太平军本打算进攻广西桂林和湖南长沙，但都没有成功，冯云山、萧朝贵也先后牺牲。于是太平军转向湖北，轻松占领了岳州（今湖南岳阳）和武汉，还在岳州缴获了吴三桂当年留在这里的大炮、火药和军械。

太平军都是农民和普通百姓出身，武器并不精良。清军粮食充足，大炮又多，多次把太平军围住，奈何将领们都不愿让别人立功，不肯相互配合，给了太平军可乘之机。另一边，东王杨秀清、翼王石达开等人则成长为出色的将领，一次又一次突破清军的封锁。咸丰帝对于清军的失败又惊又怒，钦差大臣李星沅在被他撤换掉之后羞愧自杀，另一个钦差大臣赛尚阿则被判死刑后获赦。其他官员也是贬的贬、罚的罚，下场惨淡。

太平军攻克武汉后，两江总督陆建瀛按咸丰皇帝命令从南京带兵前去援助，没想到半路就被太平军突袭，援兵全军覆没。而本应由陆建瀛守卫的南京城却兵力空虚。于是太平军则迅速东进，在1853年3月攻克了没什么兵力防守的南京，并将其改名为"天京"，作为太平天国的都城，打算在这里开创伟业。

4. 太平天国的陷落

儒生挂帅

太平军从金田起义之初，就被清军一路围追堵截。可太平军一路闪转腾挪，从广西打到湖南，从湖南打到湖北，不仅没被挡住，反而越打越精神。清军一直没有取得过像样的胜利，倒是有一支民间的团练部队，在武汉之战中表现得颇为出色。

这支团练部队是由湖南人曾国藩组建的。曾国藩自幼读书，二十八岁中进士，之后进翰林院当庶吉士，三十七岁做了内阁学士礼部侍郎。这是清代非常典型的文官履历，按照正常的发展，曾国藩本应太太平平地做个文官，在读书论学和各种公文案牍中一直忙到老。

1852年，因母亲过世，曾国藩回湖南老家守孝。这时太平军已经在广西打了一年半，正向湖南杀来。于是咸丰皇帝下旨，让曾国藩做湖南团练大臣，到长沙召集百姓，将他们训练成能打仗的军队。一个儒生从此就开始了行军打仗的生涯。

清军人数那么多，却打不过太平军，那么要练出一支什么样的军队才能不重蹈覆辙呢？曾国藩思考过后，决定只招募健壮、朴实的农民来当兵。这些士兵大部分是湖南人，彼此多为同乡，有的还是本家、亲戚或者朋友，打起仗来不会只顾自己，而是要想办法合力打败敌人，让大家都活下来。曾国藩给士兵的饷银比朝廷给的高出几倍，士兵们自然就不愿意离开。因此，这支军队很快发展成为一支作风彪悍、战斗力强的劲旅。

1854年，曾国藩率领自己的这支"湘勇"击败了太平军，攻占武昌。咸丰皇帝听说后非常高兴，让曾国藩署理湖北巡抚，并高兴地说："想不到一介书生竟然能立下这样的大功！"可咸丰皇帝又担心让汉族人做大官，会对清朝的统治不利，因此连续几年没有给曾国藩升官。直到六年后，太平天国的势力越来越大，两江总督何桂清没什么作为，咸丰皇帝才对曾国藩委以重任，让他做了两江总督。

由盛转衰的内讧

太平军定都天京后，颁布了《天朝田亩制度》，规定要把天下所有的田地分配给老百姓，不分男女，凡是十六岁以上都有一份。太平天国想要建立一个绝对公平的社会，规定每家农副业收获之后，只留下口粮，其余全部交到国库。如果百姓因为结婚、办丧事需要花钱，就再找国库去领钱。试图通过这样的规定消除贫富差别，实现"无处不均匀，无人不饱暖"的理想。太平天国还讲究男女平等，女人可以参加女军、做女官，还可以参加科举考试，并且禁止"裹小脚"这样的陋习。这些"平均""平等"的理想有的能实现，有的并不能真正做到，但反映了农民的美好愿望。

太平军继续跟清军作战：一路向北进军，打算攻占北京，由于孤军深入而没有成功；另一路向西作战，开始比较顺利，可是在湖南、湖北遇到曾国藩，打了一些败仗。后来石达开率军支援，太平军取得大胜，一度逼得曾国藩想投水自尽，后被部下救起。与此同时，清军在天京附近设立的江北大营和江南大营也被攻破，太平天国的声势达到了顶峰。

可是这时，太平天国的领导层却出了大问题。东王杨秀清功劳很大，除了洪秀全，太平天国所有人都要听他的，可他还不知足，要洪秀全封他做"万岁"。洪秀全感到威胁，密召北王韦昌辉、翼王石达开返回天京。韦昌辉早就对杨秀清不满，就在1856年9月带人包围东王府，杀了杨秀清，并以"搜捕东王同党"的名义在城中大肆屠杀，搞得天京人心惶惶。石达开回到天京，指责他不该这样，可韦昌辉杀红了眼，连石达开也想除掉，石达开只好只身逃走。大家看到韦昌辉这么残暴凶狠，全都恨极了他。洪秀全这才顺水推舟，杀掉了韦昌辉。这么一来，洪秀全的地位稳固了，可东王、北王都死了，石达开也离开了天京，自己带着队伍到处跟清军打仗，后在四川大渡河被围，全军覆没。

天京陷落

一下子损失了这么多重要的统帅，太平天国元气大伤，军事上、政治上都陷入危机。清军趁此机会夺回大片土地，重新建立起扼制太平天国的江南大营和江北大营。

为了重振局势，洪秀全封自己的弟弟洪仁玕为干王，主持朝政。洪仁玕将自己的治国思想写成了一部书，叫《资政新篇》，想建立一个工商业发达、社会机构设施完善的新式国家。可是太平天国现在困难重重，这一理想当然没办法实现。

军事上，这时的洪秀全重用青年将领陈玉成、李秀成、李世贤等，分别封他们做英王、忠王和侍王。这些将领也先后击溃江南大营，夺取了苏州、嘉兴、杭州、宁波等地，建立了一个苏福省。可是湖北和安徽有曾国藩镇守，他们苦苦相争也没能攻下武汉、安庆等地。在湘军的反扑之下，太平天国一步步丢掉了天京上游所有的重要城市。陈玉成不久后也被太平军的叛徒苗沛霖逮捕，押送至清军，被处死时年仅二十六岁。

第二次鸦片战争结束后不久，咸丰皇帝就病死了。慈禧太后和恭亲王奕䜣发动"辛酉政变"，执掌朝中大权。慈禧和奕䜣大胆重用曾国藩，让他负责督办江苏、安徽、浙江、江西四省军务，所有巡抚、提督、总兵等全都听他指挥。曾国藩实际上成了清朝对付太平天国的总司令，他决定让左宗棠负责打浙江、李鸿章负责打江苏，让自己的弟弟曾国荃专门负责围攻天京。西方列强为了保住通过不平等条约获得的利益，也同清朝联起手来，成立了"洋枪队"，人数最多时达五千人，先后由美国人华尔、英国人戈登率领，配合清军跟太平军作战。

曾国藩到处进兵，李秀成到处支援，却还是顾不过来。曾国荃猛烈地进攻天京，李秀成只好回援，率领二十万大军同曾国荃进行激烈的战斗，打死湘军五千余人，可还是攻不破曾国荃的营垒。周边的苏州、常州等地陆续失守，天京成了一座孤城，防御工事一天天被破坏。李秀成劝洪秀全离开天京，洪秀全坚决不肯，于1864年6月在天王府病逝。7月，曾国荃攻入天京，在城里到处烧杀抢掠，把天京城变成一座人间地狱。

太平天国运动最终失败了。这是中国历史上规模最大的农民起义，一共持续了十四年，夺取了六百余座城池，沉重打击了清王朝的统治。

读史点评

　　面对鸦片的危害和鸦片战争的失败,开始睁眼看世界的国人深刻体会到了解西方的必要性和紧迫性。林则徐组织编译的《四洲志》一书是近代中国第一部系统介绍世界自然地理、社会历史状况的译著。其后,魏源的《海国图志》、姚莹的《康輶纪行》、徐继畬的《瀛环志略》、严复的《天演论》,也让当时的中国人看到了外面的世界。身处世界大变局中的国人学习西方、寻求救国道路的努力,构成了近代历史的一条主线。

思考题

英国等国商人企图通过鸦片贸易来扭转对中国的贸易逆差。想一想，鸦片的流入对中国社会产生了怎样的影响？

第五章

新时代的曙光

1. 三千年未有的大变局

垂帘听政的慈禧太后

第二次鸦片战争结束后，咸丰皇帝病死在避暑山庄，六岁的载淳继位。载淳的生母懿贵妃被封为慈禧太后，咸丰的皇后被封为慈安太后。咸丰临终前任命肃顺等八人做辅政大臣，授予皇后"御赏"印章，授予载淳"同道堂"印章（由其母保管）。所有公事由大臣们向小皇帝奏报，两名太后隔着帘子听政，辅政大臣拟好处理意见，由慈安、慈禧分别盖上两枚印章后，诏书才算生效。慈禧有时会问东问西、表达意见，八大臣则觉得自己是辅政大臣，不需要听太后的。

八大臣辅政，让恭亲王奕䜣和一些原本在朝中掌权的大臣很不服气。于是慈禧就和奕䜣秘密商议，准备趁从避暑山庄回北京的机会向八大臣动手。当月，慈禧太后带着小皇帝提前返回北京，跟大臣们哭诉肃顺欺负自己和小皇帝，大臣们马上提出应该惩治八大臣。肃顺等人一回来，她就立即降旨，将肃顺等三人杀死，其他五人革职。其后，奕䜣做了议政王、军机大臣，执掌大权，两宫太后继续垂帘听政。因这种共同治理的局面，小皇帝的年号便定为"同治"。这次宫廷事变发生在农历辛酉年，因此被称作"辛酉政变"。

同治皇帝总共在位十三年，一直到同治十二年（1873）慈禧太后都在听政。这十几年间，实际上是慈禧在替同治决定国家大事。慈禧太后和恭亲王奕䜣重用汉族大臣曾国藩、左宗棠、李鸿章等人，把掀翻了半个中国的太平军镇压下去，然后又镇压了捻军起义。此后社会比较安定，洋务运动如火如荼，人们觉得清朝又有希望了，因此将同治在位的这些年称为"同治中兴"。

可是同治皇帝十九岁就死了，没有儿子或亲弟弟继位。于是慈禧将醇亲王奕譞（xuān）的儿子载湉（tián）抱进宫里继承皇位，年号"光绪"。当时光绪只有四岁，慈禧得以继续垂帘听政，直到1887年才让皇帝亲政，可实际大权还是掌握在自己手里。因此，在清朝晚期近五十年里，慈禧一直是清朝真正的当家人。

"师夷长技以自强"

从鸦片战争起,林则徐、魏源等人就意识到外国人凭借的优势是船坚炮利。清朝必须向他们学习,但很少付诸行动。在镇压太平天国的过程中,曾国藩、左宗棠、李鸿章等人也逐渐发觉了向西方学习的必要性,李鸿章更是评价自己所处的时代是中国"三千年未有之大变局",主张利用西方造轮船、枪炮的先进技术,强兵富国,摆脱困境。这一主张得到恭亲王奕䜣和一些朝中大臣的支持,这些人也被称为"洋务派"。

曾国藩行动得最早,他在安庆建立了安庆内军械所,制造洋枪洋炮,还制造了一艘木壳的轮船。不过这些只是手工制造,规模小,制造出来的枪炮也不够用。因此李鸿章建立了江南制造总局,直接从美国购买机器设备,制造枪支、大炮、弹药、水雷、轮船、钢材等,是当时国内最大的兵工厂。总局还附设翻译馆,出版了很多介绍西方科学的书籍,影响很大。左宗棠则建立起福州船政局,设有转锯厂、大机器厂、木模厂、铸铁厂等多个工厂,还有一座船坞和一所船政学堂。还有湖广总督张之洞建的湖北枪炮厂和大臣崇厚建的天津机器局也都有一定规模，而其他地方建起的中小型工厂就不胜枚举了。

清朝还建立了三支新式海军。南洋水师建得最早，有十四艘舰艇。福建水师有十一艘舰艇，其中九艘是福州船政局自己造的。实力最强的是李鸿章的北洋水师，1888年建立之初共有舰艇二十五艘，主要是从英国、德国买来的。李鸿章还在旅顺口、威海卫布置防务，修筑炮台、船坞，可以在京津附近的海面上进行防卫。

甲午海战

鸦片战争之后，西方列强也用武力打开了日本的国门，可是日本很快通过明治维新发展成一个军事强国。但是日本国土狭小，资源不足，1890年时发生了经济危机，人们买不到米，纷纷走到街上暴动，到处去抢夺粮食。日本政府为了解决这些问题，打算吞并朝鲜，进而侵占中国的东北、台湾和澎湖列岛。

1894年春天，朝鲜爆发了东学党起义，请求中国派兵平乱。日本借口说要保护在朝鲜的侨民，派去一万多人的部队攻占了朝鲜，还威逼朝鲜跟中国断绝关系。7月25日，日军突然从海上和陆地同时袭击中国军队，并于

9月17日同北洋水师在黄海进行了一场殊死搏斗。

水师提督丁汝昌派"定远号""镇远号"两艘主力铁甲舰在前,另外十艘战舰排成一个"雁行阵",严阵以待。日本的十二艘战舰则排成一字纵队,鱼贯前进。敌船航行速度快,大炮射程也远,直接越过定远、镇远两舰,环绕着攻击北洋水师右翼的小型战舰。丁汝昌在定远舰的飞桥上指挥,因飞桥被炮火震裂而摔伤。致远舰管带邓世昌发现日本的"吉野号"气焰嚣张,对定远舰步步紧逼,就将致远舰开到定远舰前面。在打光所有炮弹之后,邓世昌下令开足马力向"吉野号"撞去,打算与其同归于尽,船不幸被击中而沉入大海。经远、定远、扬威三舰也在战斗中沉没,日军有五艘战舰受重创,退出了战斗。

北洋水师奋勇作战,损失与日军相当。可李鸿章担心,再这么打下去会损害自己在朝中的势力,故命令舰队全部躲进威海卫。结果日军从陆路长驱直入,攻破了旅顺、大连,发动了"旅顺大屠杀"。1895年1月,日军继续攻击威海卫的北洋水师,许多战舰被击沉,丁汝昌、刘步蟾等自杀殉国,剩下的十一艘战舰被日军缴获。至此,李鸿章经营了十几年的北洋水师全军覆没。

在中日甲午战争中,清朝全面失败。李鸿章奉命和

邓世昌在甲午海战中为国牺牲

日本签订了《马关条约》，割让辽东半岛、台湾岛和澎湖列岛，赔款两亿两白银。俄、法、德三国觉得割让辽东半岛会损害他们的利益，让日本把它还给了中国，史称"三国干涉还辽"，但日本又向清朝追加索要了三千万两白银作为补偿。这一切都令无数中国人感到愤怒和耻辱。

2. 维新志士的努力

公车上书

甲午战争的失败使很多中国人认识到，光靠造轮船、枪炮，并不能使中国富强。西方列强之所以强大，更重要的是法令制度。中国要想避免亡国之祸，也应该尽快变法。提出这些思想的是康有为等人。

康有为是广东人，少年时学习儒家思想，青年时代读了很多西方国家的书籍，其中既有讲科技的，也有讲政治、社会和经济的，使他大开眼界，逐步形成了变法维新的思想。1888年，康有为到北京参加会试，想借机上书劝光绪皇帝实行变法，因受阻并未上达。

之后康有为回到广州，开始收徒讲学，和学生们一起读书、讨论。他写了两部书，分别是《孔子改制考》和《新学伪经考》，说大圣人孔子也是主张变法的，希望利用孔子的名义，让更多的人接受维新思想。

1895年3月，康有为第三次赴北京参加科举考试。时逢日本人威逼李鸿章签署丧权辱国的《马关条约》，所有人都很激愤。康有为的学生梁启超约来广东的一百九十多名举人，打算联名上书，其他各省的举人也纷纷参加。大家共同推选康有为起草请愿书。康有为热血沸腾，花了一天两夜的时间，写成一封万言书，请求光绪皇帝拒绝签署和约，迁都继续与日军作战，变法图强。一千三百名举人联合签名，万言书于5月2日被送至都察院。可是都察院并不想惹麻烦，告诉举人们说《马关条约》已经签署，拒绝代呈万言书。满腔热血再次付诸东流，难道要就此放弃变法的理想吗？

百日维新

这次科举考试后，康有为中了进士，当上工部主事。他继续上书，还是没有收效。毕竟中国这时有四亿人，其中懂得变法、支持变法的又有几个呢？于是康有为打定主意，要让所有人都知道变法的好处。他和学生梁启超在北京、上海到处活动，创办了《强学报》《时务报》，写文章宣传变法。梁启超的文章语言好，感情也充沛，道理讲得明白易懂，让人不由自主地愿意相信。他们还组建了强学会，参会的都是希望国家强大的有识之士，大家聚在一起畅谈强国之道。

1898年，二十八岁的光绪皇帝再也不能忍受国家一而再、再而三地被外国欺负，更不想当一个亡国之君。他看到康有为的上书，觉得很有道理。而光绪的老师翁同龢（hé）也支持变法，并希望光绪能借此机会从慈禧手中夺回大权，因此向他极力推荐康有为。6月11日，光绪毅然下诏，决定施行新政。后召见康有为，任命他为总理衙门章京，成了变法的总军师。

在此后的三个多月里，康有为和维新派大臣们纷纷上折提建议。光绪下达了一百多道诏书，命令：设立农工商局，发展农业和工商业；设立路矿总局，修铁路，开矿藏；裁掉绿营军，训练海军和陆军，要用洋枪、练洋操；废除科举考试，创办京师大学堂，派留学生出国；等等。

可是，皇帝一下子发出这么多命令，那些尚书、侍郎、总督、巡抚们只是读完都要花一阵子，要在这么短的时间内想出办法并全部实行几乎是不可能的。何况从中央到地方，还有那么多人明里暗里反对新法。

不愿逃跑的谭嗣同

头一个反对变法的，就是慈禧太后。她觉得光绪和翁同龢分明就是要跟自己争夺权力，于是下令将翁同龢革职，让亲信荣禄担任直隶总督，管辖北京、天津两地的军队。光绪不服气，也将几名阻挠新政的官员革职，任命精明能干的谭嗣同、刘光第、杨锐和林旭做军机章京，想让变法尽快推行下去。一些王公大臣也开始活动起来，找慈禧说皇帝的不是，有的还提出要慈禧继续垂帘听政。

光绪听闻风声后担心不已，给杨锐下了密诏，说恐怕自己皇位不保，嘱咐维新派想办法商量对策。康有为、梁启超、谭嗣同等人看到密诏，知道情况不妙。可是要他们去救光绪，那也太难了。慈禧住在颐和园，荣禄又掌握着军队，康、梁等人不过一介书生，难以与之抗衡。

这时他们想到了一个人，名叫袁世凯。袁世凯是荣禄部下最得力的统帅，手下有一支共七千人的新练军队，加上此人还加入过强学会，怎么看都是个维新派。于是谭嗣同独自在夜里去见袁世凯，说："太后要废皇上，请你在皇上去天津阅兵的时候杀掉荣禄，然后派兵包围颐和园。"袁世凯本想推托，可是他看出谭嗣同的衣服里好像藏有兵器，不敢激怒，只好答应说："等皇上在阅兵时来到我的营中，只要他一声令下，我就会像杀一条狗那样杀掉荣禄。"可他一回天津，就向荣禄告密，荣禄又将此事报告给慈禧。慈禧听后下令将光绪囚禁在中南海的瀛台，同时缉拿维新派的重要人物。

康有为、梁启超得知有变，连忙逃走。谭嗣同却不愿离开，他说："各国的变法都要流血才能成功，可是中国还没有。如果有，那就从我开始吧。"1898年9月28日，谭嗣同、刘光第、杨锐、林旭、杨深秀和康广仁六名维新志士被杀害，史称"戊戌六君子"。赞成变法的官员也大多被革职，光绪下令实行的措施，除了京师大学堂外全部被废除。

从1898年6月11日到9月21日，维新变法共进行了一百零三天，因此也被称为"百日维新"。变法虽然失败，

谭嗣同愿做为变法而死的第一人

却宣传了改革社会的新思想、新主张,也让人们知道清政府顽固派无法合作,促使后来一些人通过革命手段来解救中国。

3. 清王朝的最后十年

"扶清灭洋"的义和团

西方列强从鸦片战争后,就积极向中国传教,进行文化扩张。当时仅山东一个省就有教堂上千座,教士、教徒八万余人。其中有些是善良的教徒,更多的却是些横行霸道、欺压百姓的人,连官府也不敢惩治。黄河连年发大水,山东受灾很重,可教堂却哄抬粮价,引起了广大人民的愤怒。

老百姓知道若想反抗,人单势孤肯定不行,于是便结成团体,加入的人也越来越多。团里的人既练拳,也学一些"降神附体""刀枪不入"之类的江湖把戏,想以此对抗教堂的欺压,被统称为"义和团"。

山东巡抚毓贤对义和团的起因心知肚明,只以安抚为主。可清政府担心事态发展会严重起来，便将毓贤革职，改派袁世凯为山东巡抚，带兵镇压义和团。团民们抵挡不住，只好转到直隶（今河北）一带继续活动。

团民们在转移途中开坛祭神、练拳演武，各地团民纷纷加入，到处捣毁教堂和洋人的商店、药房。当时的老百姓多半相信神灵，也想"刀枪不入"，再加上大家都痛恨洋人，同仇敌忾，人数越聚越多。他们在城中张贴了大量揭帖，表示痛恨洋人、痛恨不平等条约，宣称要"扶清灭洋"。清政府曾试图进行镇压，但并不坚决。朝中的郡王载漪、军机大臣刚毅等人也支持义和团，主张对他们应该以抚为主，就让军队停止了镇压。

此后团民们陆续聚集到北京、天津，到1900年6月，北京城内已有团民十余万人，天津的义和团也有三万人，首领有曹福田、张德成等。

八国联军进北京

美、法、德、俄四国公使见义和团的势力越来越大，而且专门针对教堂和洋人，就威胁清政府，要求他们直接出兵剿除义和团。由于清政府并未理睬，1900年6月

10日时，俄、英、美、日、德、法、意、奥八个国家拼凑了两千余人，出兵镇压义和团。联军在英国海军中将西摩尔的率领下乘火车驶向北京，沿途受到义和团的袭击，走了四天还没有到达目的地。之后，聂士成的清军和义和团又在廊坊和杨村车站对联军发起进攻，西摩尔狼狈地逃回天津租界，死伤三百余人。但与此同时，各国军舰也已经聚集在天津大沽口，迅速攻占大沽口炮台，开始向天津进发。

6月21日，慈禧太后下诏书向十一国列强宣战。她一直打算废掉光绪帝，可西方各国多次表示反对，还要求她还政光绪。慈禧对列强非常不满，打算借义和团的力量实施报复，但因为忌惮外国人的实力，也不敢表现得过于强硬。比如，她刚刚命令荣禄率领清军和义和团去围攻西什库教堂和东交民巷使馆区，但很快又下令停止进攻使馆区。

张德成率领的义和团和聂士成的清军配合，在老龙头火车站和紫竹林租界同八国联军激战，但没有取得胜利。列强不断增兵，7月9日，联军近两万人分三路围攻天津，聂士成战死。四川提督宋庆奉朝廷之命来到天津，在抗击八国联军的同时，奉慈禧的旨意大肆屠杀义和团，不久天津陷落。

眼看着八国联军即将到达北京，清政府连忙向列强示好。联军拒不答应，并于8月4日进攻北京。慈禧太后带着光绪仓皇逃往西安，任命庆亲王奕劻（kuāng）和李鸿章为全权代表，同列强议和。联军占据北京后，到处烧杀抢掠，劫掠了大量的文物和金银。

奕劻、李鸿章同列强谈判，于1901年9月7日签订了《辛丑条约》。条约规定中国赔偿各国白银四亿五千万两，惩办支持过义和团的官员等。这极大地加重了中国人民的灾难，义和团余部抛弃乞怜于清政府的做法，将口号从"扶清灭洋"改为"扫清灭洋"，发动了起义。虽然起义军最终被镇压，但是义和团运动使西方列强清楚地看到了中国人民的爱国精神和反抗决心，并由此认为中国是难以瓜分的。

从"新政"到"立宪"

戊戌变法、义和团运动、八国联军的入侵，这一连串事件让正在西安避祸的慈禧太后感到了严重的危机。她终于认识到，如果再不改变，未来将会出现可怕的结局。

1901年1月29日，清政府颁布上谕，要学习外国的制度，改变朝政中的弊端，以强国利民。为实施新政，清政府还设置了督办政务处，负责办理学校、官制、科举、吏治、财政、军政等事务。

练新兵是新政的主要内容之一。清政府命令各省裁汰旧军，编练"常备军"（后改称"陆军"），要求全国练成三十六镇新军，使用洋枪、练洋操。其间北洋大臣袁世凯练成的"北洋陆军"六镇，正是后来北洋军阀的前身。

可是清政府每年要偿还列强的赔款，哪有那么多银子拿来练军队？于是，财政部门只好增收印花税、房捐、铺捐，原有税种的税率也加以提高。这种从老百姓手中巧取豪夺的做法，很大程度上激化了社会矛盾。

教育方面，清政府于1905年宣布，从次年起停止科举考试，要各省选派留学生出国，各省的书院改为大学堂，各府的书院则改为中学堂。截至1910年，全国共建立了近两万五千处学堂，学生有一百三十多万。

清政府对官制也做出了改革，裁掉一些机构，又增设了另外一些机构。此外，还颁布了《商律》等有关工商业的法律，设立了大清银行和交通银行。

在来自国内外的压力下，为了缓解统治危机，清政府打算实行"预备立宪"，派端方等五名大臣出洋考察，一时让许多人满怀期待，就连身在海外的康有为都帮着鼓吹。可是1911年亮相的责任内阁，十三名内阁大臣中有九名是满洲亲贵，其中五人还是皇族，完全就是"皇族内阁"。这就好像唱戏的人在台上绕了一圈，亮足了相，最终又走回原地。所有人的希望都落空了，革命的浪潮愈演愈烈，一个新的时代即将到来。

4. 走向共和

甲午战争的失败，让很多人对清政府产生了失望情绪。戊戌变法和《辛丑条约》的签订，使越来越多的人放弃了通过清政府来拯救中国的幻想。而清末的一系列"新政"，如派遣留学生、编练新军等，更是直接把一些人送上了革命的道路。一切都清晰地显示出：这个存在了近三百年的王朝，已经到了谢幕的时候。

革命先行者孙中山

在推翻清朝的革命运动中,起到了最大作用的人是孙中山。孙中山是广东人,本名孙文,少年时在夏威夷的檀香山接受西式教育,后来成为一名医生。他结识了不少爱国青年和会党人物,与他们一起抨击清政府的腐败。但直到甲午战争后,他才真正意识到,清政府不可能实现国家的富强,要救中国必须先推翻清朝的统治。

1894年,孙中山在檀香山成立了兴中会,这是中国第一个资产阶级革命团体,目标是"驱除鞑虏,恢复中国,创立合众政府"。1905年,他又在日本东京召开会议,将兴中会和另外两个革命组织华兴会、光复会合并为"中国同盟会",纲领是"驱除鞑虏,恢复中华,创立民国,平均地权"。孙中山任总理,提出了"三民主义"的革命思想,即民族主义、民权主义、民生主义。

孙中山与华兴会领袖黄兴先后组织了多次起义,其中惠州起义有两万人参加。一些同盟会会员在湖南发动萍浏醴(lǐ)起义,光复会也在浙江、安徽起义,刺杀了安徽巡抚恩铭。可这些起义都没有成功,徐锡麟、秋瑾等革命者不幸牺牲。

1911年4月,孙中山和黄兴在广州起义,黄兴率领一百多人攻破了两广总督衙门,可是人单势孤,最后只好撤退。喻培伦、林觉民等七十二名烈士遇难,被葬在广州城郊的黄花岗,这次起义因此被称作"黄花岗起义"。

武昌城的第一声枪响

1908年,光绪帝和慈禧太后相继离世。因光绪帝无子,他的异母弟醇亲王载沣三岁的儿子溥仪奉慈禧之遗命即位,由光绪的遗孀隆裕太后垂帘听政,载沣任摄政王,在第二年改年号为"宣统"。

1911年,清政府将原定由商人自己募资筹建的川汉、粤汉铁路收归国有,并将路权出卖给外国人。四川的商人、农民都无法接受,爆发了保路运动。清政府为了平息局势,急忙从湖北调新军去四川镇压。

清末新政规定各省编练的新军里,必须有很多有文化的青年人。革命党人一向注意在这些青年中宣传革命思想,湖北的日知会、文学社和共进会等也一直在秘密活动,有数千名新军士兵加入了革命组织。如果朝廷调新军去四川，一定会带走大批军队中的革命党人，导致留守的革命力量被分散，那湖北的革命就难以完成了。因此文学社和共进会商量后，打算在10月11日发动起义，由蒋翊武和孙武领导。

可就在10月9日，孙武等人在汉口俄租界赶时间制造炸弹时不慎引发了爆炸，孙武本人也被炸伤。湖广总督瑞澂（chéng）担心革命党人会闹事，下令全城搜捕革命党，蒋翊武逃走，筹备革命的彭楚藩等三人也牺牲了。一时间群龙无首，可如果拖延下去，只能坐以待毙。于是大家私下商量，觉得还是提前起义为好。

10月10日，革命党人打响了起义的第一枪，所有参加革命的新军官兵聚在一起，直接向总督府发起进攻。瑞澂仓皇逃脱，革命党人在一夜之间占领了武昌，将鲜红的十八星旗挂在黄鹤楼上，宣告胜利，并迅速拿下了汉口、汉阳。为了控制局势，革命党人在11日当天成立了湖北军政府，推选黎元洪担任都督。

消息传出，全国各地热情高涨，革命党人纷纷行动，组织各地的新军、会党举行起义。一个月之内，湖北、湖南、陕西、江西、山西、云南、浙江、江苏、贵州、安徽、广西、福建、广东十三个省宣布独立，不再

武昌起义第一枪

受清政府的统治。到11月下旬，全国已有十几个省区宣布独立。

帝制的终结

各省独立之后，纷纷派代表召开会议，准备建立一个统一的中华民国临时政府。12月25日，孙中山从海外回国到达上海，29日当选为临时大总统。1912年元旦，孙中山在南京宣誓就职。不久颁布了《中华民国临时约法》，规定公民有选举、参政、言论、集会、结社等权利。还颁布法律，严禁买卖人口，禁止蓄辫、缠足，严禁种植或吸食鸦片。

眼看着自己的江山就快要丢光了，清政府中那些争权夺利的好手一个个束手无策。这时，他们想起了三年前被排挤出朝廷的袁世凯，想派他去镇压武昌起义。可是袁世凯嫌朝廷允诺的官职小，回复说自己脚上有病还没痊愈，不肯出山。经过一番讨价还价，清政府只好让袁世凯做了内阁总理大臣。

袁世凯立即让北洋军加紧进攻，拿下了汉口。西方列强为保障自己的利益，不希望南北混战，要求双方停战，通过谈判来商议中国未来的大计。1911年12月，袁世凯派唐绍仪为代表，南方派伍廷芳为代表，双方正式谈判。围绕着南北统一之后的中国还要不要皇帝，也就是实行君主立宪还是共和政体的问题，双方争论不休。

袁世凯本人却另有打算，他一方面利用北洋军的力量威吓南方，一方面又利用南方的力量恐吓清朝皇室，为自己谋取更高位置。在听说孙中山当上临时大总统后，他非常失望，让手下的北洋将领集体反对共和政体。孙中山和黄兴不甘示弱，组织北伐，也打了一些胜仗。可西方列强断绝了南京临时政府的财源，革命军没有必胜的把握，因此很多人主张妥协。1912年1月，孙中山宣布，如果清朝皇帝退位，袁世凯拥护共和，自己将会辞职，并支持袁世凯当临时大总统。

袁世凯立即劝说隆裕太后让宣统退位，可那些王公大臣们不同意，他们坚决要求实行君主立宪，保住皇帝的位置。袁世凯故伎重施，让北洋将领宣布拥护共和，还调了很多军队进入北京。此举一出，谁也不敢再多啰唆，隆裕太后只好宣布皇帝退位。

孙中山本想让袁世凯到南京就职，可袁世凯却指使士兵在北京发动兵变，让人们以为，如果袁世凯离开北京，恐怕北方就会陷入动乱。在这种情况下，革命党人便不再要求他南下。3月10日，袁世凯在北京就任中华民国临时大总统，就此窃取辛亥革命的果实。

辛亥革命结束了清朝入关后二百六十八年的统治，也结束了中国从秦朝以来两千多年的封建帝制，传播了民主共和的理念，推动了近代中国社会的巨大变革。

读史点评

从洋务运动、戊戌变法到清末新政，清朝的统治者、官僚阶层和知识分子从技术、制度到国体等各个层面，进行了多次变法与改革的尝试。这些努力也获得了一些成绩，比如建立现代的军队，实行现代的教育制度，逐步建立现代的工商业。但是，中国并没有像日本明治维新那样迅速富强起来，随着帝国主义侵华步伐的加快，国家危亡的形势反而显得越来越严重。之所以出现这样的情况，正是因为传统时代的统治者将国家视为自己的家产，将自己的利益置于国家、民族的利益之上。当统治者竭力阻止任何有损他们权益的改革之时，社会的矛盾就难以缓解，国家也失去进步的活力。

古人说："穷则变，变则通，通则久。"清末的中外文化接触与冲突，为中华民族的历史变局提供了新的契机。无数志士仁人为了国家的前途呼吁奔走，力图顺应并跟上历史的潮流。在他们的努力下，落后的帝制终于被终结，灾难深重的中华民族也走向了新时代。

思考题

为什么清政府建立的新军中的士兵,到辛亥革命时反而成为反清起义的主力军?

大事年表

1616年	努尔哈赤统一女真各部，建国称汗，史称"后金"，年号"天命"，定都赫图阿拉。
1618年	努尔哈赤以"七大恨"为由起兵攻打明朝。
1625年	后金迁都沈阳。
1636年	皇太极改国号"大金"为"大清"。
1644年	李自成攻陷北京，崇祯帝自杀，明朝灭亡。同年，清军入关，定都北京。明宗室福王、鲁王、唐王、桂王先后建立南明政权（1644—1661）抗清。
1673年	康熙帝下令撤藩，三藩之乱爆发，至1681年被平定。
1683年	康熙派施琅收复台湾。次年，台湾设府，隶属福建省。
1685—1686年	清军与俄军两度雅克萨之战，清军大捷。
1689年	中俄签订《尼布楚条约》，确立两国边界。
1712年	清政府宣布此年（康熙五十一年）以后，"盛世滋丁，永不加赋"。

1716年	张玉书等主持完成《康熙字典》的编纂。
1776年	乾隆先后任命和珅为户部右侍郎、军机大臣、总管内务府大臣、镶黄旗满洲副都统,自此宠信和珅。
1790年	《四库全书》编成,分经、史、子、集四部。
1793年	乾隆五十八年,清朝中央政府制定和颁行《钦定藏内善后章程二十九条》。同年,英使马嘎尔尼来华,要求开放贸易被拒。
1839年	林则徐于虎门销毁鸦片。
1840年	中英鸦片战争(1840—1842)爆发。
1842年	中英签订《南京条约》,英占香港岛,开放五口通商。
1843年	中英签订《五口通商章程》《虎门条约》。同年,洪秀全与冯云山创立拜上帝会。
1844年	《中美望厦条约》《中法黄埔条约》订立。
1851年	拜上帝会在广西金田村起义,建号太平天国。
1853年	太平军攻入南京,改名天京,定为国都,并颁布了《天朝田亩制度》。
1856年	第二次鸦片战争(1856—1860)爆发。英法联军侵华。同年,天京事变。太平天国内讧,渐趋

	败亡。
1858年	英法联军攻陷大沽,清政府分别与英、法、俄、美四国签订《天津条约》,又与俄签订《瑷珲条约》。
1859年	英法联军再次入侵中国。
1860年	英法联军火烧圆明园;攻陷北京。中英、中法、中俄分别签订《北京条约》。
1861年	8月咸丰在热河驾崩。11月2日,辛酉政变,慈禧太后登上政治舞台。同年,洋务运动(1861—1894)开始,创办军事工业、实业,编练陆海军,设西式学堂。
1864年	洪秀全病死,清军攻入南京,太平天国败亡。
1883年	中法战争(1883—1885)爆发。1885年,中法签订《越南条约》,法占领越南。
1888年	清政府建立北洋水师,加强军备,巩固海疆。
1894年	中日甲午战争(1894—1895)爆发。同年,孙中山在檀香山创立兴中会。
1895年	中日签订《马关条约》,割让台湾及辽东半岛。俄法德"三国干涉还辽"。
1898年	光绪帝在康有为等人的推动下实施"戊戌变法",9月慈禧发动政变,变法失败,又称"百日维新"。

1899年	义和团兴起。
1900年	6月21日,慈禧对列强宣战。8月16日,八国联军攻陷北京。同年,兴中会惠州起义失败。
1901年	清政府和西方列强十一国签订《辛丑条约》。清政府下令筹划新政。
1905年	清政府宣布次年罢科举。派五大臣出洋考察宪政。同年,孙中山创立中国同盟会,提出"三民主义"。
1906年	清政府宣布"预备立宪"。同年,中国同盟会领导的萍浏醴起义失败。
1908年	光绪帝、慈禧太后先后驾崩。宣统帝即位。
1911年	武昌起义,南方各省纷纷宣布独立,史称"辛亥革命"。
1912年	中华民国宣布成立。宣统帝溥仪退位,清朝统治被推翻。

扫码可获取全书思考题答案

本书基本以《中国史话》丛书（全16册，中国国际广播出版社2009年版）为底本，由果麦组织编委会完成青少版的编纂工作。各分册的底本作者及主要改编者名单如下——

《夏商周　从传说到历史》　孟世凯　王宇信　原著　商之洛　改编

《春秋战国　刀剑与思想的交锋》　商之彝　编

《秦汉　天下一统的帝国》　商之彝　编

《三国　天下的分与合》　柳春藩　原著　杜笑宇　改编

《两晋南北朝　大分裂时代》　刘精诚　原著　杨洪　杨丽　彭义　改编

《隋唐　开放的盛世》　沈起炜　原著　杜笑宇　改编

《宋辽金夏　多民族政权并立》　沈起炜　原著　洛辰　改编

《元　崛起于草原的帝国》　邱树森　原著　史大丰　彭义　改编

《明　转折的时代》　娄曾泉　颜章炮　原著　彭义　杨洪　张金洲　改编

《清　最后的王朝》　彭义　编

全书插画由开雾版画工作室绘制。

少年读中国史（全十册）

果麦 _ 编

产品经理 _ 房静　　装帧设计 _ 何月婷　　产品总监 _ 阴牧云
技术编辑 _ 白咏明　　责任印制 _ 梁拥军　　策划人 _ 贺彦军

鸣谢（排名不分先后）

刘美文　常利辉　陈顺先　向典雄
张 soso　潘类类　琚瑜

果麦
www.guomai.cn

以 微 小 的 力 量 推 动 文 明

图书在版编目（CIP）数据

少年读中国史 / 果麦编. -- 沈阳：万卷出版有限责任公司，2024.1
　　ISBN 978-7-5470-6375-0

Ⅰ.①少… Ⅱ.①果… Ⅲ.①历史故事－作品集－中国－当代 Ⅳ.① I247.81

中国国家版本馆CIP数据核字（2023）第184738号

出 品 人：王维良
出版发行：北方联合出版传媒（集团）股份有限公司
　　　　　万卷出版有限责任公司
　　　　　（地址：沈阳市和平区十一纬路29号　邮编：110003）
印 刷 者：河北鹏润印刷有限公司
经 销 者：全国新华书店
幅面尺寸：145mm×210mm
字　　数：735千字
印　　张：44.25
出版时间：2024年1月第1版
印刷时间：2024年1月第1次印刷
责任编辑：胡　利
责任校对：张　莹
装帧设计：何月婷
ISBN 978-7-5470-6375-0
定　　价：268.00元
联系电话：024-23284090
传　　真：024-23284448

常年法律顾问：王　伟　版权所有　侵权必究　举报电话：024-23284090
如有印装质量问题，请与印刷厂联系。联系电话：021-64386496